16ª edição

Graziela Bozano Hetzel

Férias de arrepiar

ENTRE LINHAS
MISTÉRIO

Ilustrações: Rodval Matias

Atual Editora

Série Entre Linhas

Editor • Henrique Félix
Assistente editorial • Jacqueline F. de Barros
Preparação de texto • Lúcia Leal Ferreira
Revisão de texto • Pedro Cunha Júnior e Lilian Semenichin (coords.)/Edilene Martins dos Santos/Marcelo Zanon

Gerente de arte • Nair de Medeiros Barbosa
Coordenação de arte • Marco Aurélio Sismotto
Diagramação • Setup Bureau — Editoração Eletrônica
Projeto gráfico de capa e miolo • Homem de Melo & Troia Design
Coordenação eletrônica • Silvia Regina E. Almeida
Produtor gráfico • Rogério Strelciuc

Suplemento de leitura • Nair Hitomi Kayo
Projeto de trabalho interdisciplinar • Nair Hitomi Kayo e Lúcia Leal Ferreira

Dados Internacionais de Catalogação na Publicação (CIP)

Hetzel, Graziela Bozano
    Férias de arrepiar / Graziela Bozano Hetzel ; ilustrações Rodval Matias. — 16. ed. — São Paulo : Atual, 2009. — (Entre Linhas: Mistério)

    Inclui roteiro de leitura.
    ISBN 978-85-357-1004-5

    1. Literatura infantojuvenil I. Matias, Rodval. II. Título. III. Série.

                                CDD-028.5

Índices para catálogo sistemático:
1. Literatura infantojuvenil 028.5
2. Literatura juvenil 028.5

11ª tiragem, 2021

Copyright © Graziela Bozano Hetzel, 1994.

SARAIVA Educação S.A.
Avenida das Nações Unidas, 7221 – Pinheiros
CEP 05425-902 – São Paulo – SP – Tel.: (0xx11) 4003-3061
www.coletivoleitor.com.br
atendimento@aticascipione.com.br

CL: 810335
CAE: 575976

*Para Hebe e Cecília, janelas sempre
abertas para a minha fantasia.*

Sumário

O vento uivava, sacudindo as janelas de vidros partidos.

A casa vazia, escura, estremecia.

Lá fora, o céu estrelado iluminava o jardim abandonado, onde nem uma brisa soprava.

Na casa, o vento aumentou trazendo ruídos estranhos.

Uma luz amarela envolveu a mulher curvada diante da parede da sala.

Levantando a cabeça, ela começou a entoar um canto. O olhar preso à máscara de madeira, que ria, triunfante, mostrando seus dentes podres.

A pousada

Felipe passeava de bicicleta com sua nova amiga.

Aquelas férias prometiam ser agitadas. A cidadezinha de aspecto tranquilo estava cheia de surpresas.

A primeira delas tinha sido Bárbara.

Curiosa e extrovertida, ela viera puxar conversa com Felipe, logo na manhã seguinte à sua chegada.

Ainda era cedo, dona Helena e dr. Francisco dormiam, cansados da viagem da véspera. A cidade de Miraflores ficava em outro Estado, tinham rodado de carro boa parte do dia.

Felipe brincava com Biscoito no jardim da pousada onde estavam hospedados, pensando na sorte danada que havia sido encontrar um lugar onde aceitavam cachorros. De outro modo, o *beagle* teria ficado no Rio. E férias sem Biscoito não seriam a mesma coisa.

— Bacana, o teu cachorro! Como é o nome dele?

Felipe virou a cabeça, espantado, e deu com uma menina mais ou menos da sua idade sentada no muro que cercava o jardim. Ruiva, sardenta, a menina tinha pernas muito compridas e o sorriso mais simpático que ele já vira.

— Biscoito — respondeu Felipe, meio apatetado. — O nome dele é Biscoito.

— Biscoito... legal... — Ela pulou para dentro do jardim. — Quem foi que deu esse nome pra ele? Você?

— Não, foi minha mãe.

A menina se abaixou e começou a brincar com o *beagle*, que se derreteu todo, como se já fossem velhos amigos.

— Você chegou ontem à noite, não foi?

— Foi. Como é que você sabe? Também tá hospedada na pousada?

— Não, não. Eu moro aqui do lado. Vi quando o carro chegou. Vamos andar de bicicleta?

"Poxa, ela não perde tempo! Não parece nada com aquelas meninas frescas da minha escola", pensou Felipe, enquanto respondia:

— Você tá sabendo de tudo mesmo, hein? Sabe até que eu trouxe a minha bicicleta.

— Só não sei o teu nome. — Ela abriu de novo aquele sorriso.

— Felipe. E o teu?

— Bárbara.

— Tem tudo a ver — sussurrou o menino.

— O que foi que você disse?

— Nada. — Felipe ficou vermelho. — Vamos lá pegar minha bicicleta.

A bicicleta estava no estacionamento, nos fundos da pousada.

Enquanto Felipe checava os pneus, o freio, Bárbara ficou zanzando por ali.

De repente, ela descobriu uma pequena construção quase totalmente escondida por uma cerca viva. Parecia um quartinho de guardados. Coisa mais esquisita, aquele quartinho... Velho, a pintura das tábuas toda descascada, um pavor. Não combinava de jeito nenhum com a pousada superbem-cuidada.

Bárbara se aproximou e ficou ainda mais encucada quando viu um cadeado tinindo de novo trancando a porta daquela velharia.

Estava tentando espiar lá dentro, o olho metido numa fresta entre as tábuas, quando ouviu os gritos. Deu um pulo para trás, escorregou e se estatelou de costas no chão. Antes que tivesse tempo de tentar se levantar, os gritos estavam ao seu lado:

— O que o menina estar bisbilhotando aí? Já emborra, já emborra do meu pousada!! — A alemã aproximou um rosto vermelho de raiva. — Agorra, está ouvindo? Levante daí!

Bárbara saltou em pé e saiu na disparada. Passou ventando por um Felipe de boca aberta e olho arregalado, a bomba de encher pneu parada no ar.

— Tô te esperando lá fora! — gritou a menina.

Felipe sacudiu a cabeça, montou na bicicleta e foi atrás dela, quase atropelando o dono da pousada que vinha ver qual era a razão da gritaria. O homem deu um pulo para o lado e disse alguma coisa em alemão que, certamente, não era "bom dia".

O menino não parou para se desculpar, seguiu pela alameda que levava direto para a rua.

Encontrou Bárbara encostada no muro vizinho à pousada, ao lado de uma bicicleta. A menina estava meio pálida e um pouco ofegante, mas, quando viu Felipe aparecer com os óculos na ponta do nariz e o cabelo arrepiado pelo vento, começou a rir.

— Do que você está rindo? — perguntou Felipe, desconfiado.

— De você. Você fica engraçadíssimo com os óculos desse jeito. Parece a minha avó. — Deu outra risada.

Felipe não achou graça nenhuma. Já estava arrependido de ter seguido a menina. Endireitou os óculos com raiva, dizendo:

— Você é meio doida, não é? Por que a dona da pousada gritou com você daquele jeito? O que foi que você fez?

Bárbara engoliu o riso, a lembrança do quartinho e do susto somando-se à raiva que via nos olhos de Felipe.

— Desculpa. Eu não queria te deixar chateado. De vez em quando, me dá um ataque de bobeira. A Frau Ingrid tava gritando comigo porque me pegou espionando aquele quartinho.

— Quartinho? Que quartinho é esse que eu não vi?

— Eu também nunca tinha visto. Fica escondido atrás daquela cerca de esponjinhas, no final do estacionamento.

— E o que você foi espionar lá? Não tô entendendo.

— É que o quartinho tá caindo aos pedaços, mas tem um cadeado novinho trancando a porta... — Bárbara fez um ar misterioso.

Felipe saltou da bicicleta e sentou no chão, com as costas apoia-das no muro. Biscoito, que o havia seguido, deitou ao seu lado.

— Um quartinho caindo aos pedaços e um cadeado novo. A Frau não sei das quantas ficou mesmo tiririca com você. É, essa história tá estranha... — Felipe coçou a cabeça.

— A gente bem que podia tentar descobrir o que ela guarda lá dentro. Por que ficou nervosa daquele jeito.

— Ela costuma gritar com as pessoas?

— Que nada, sempre foi supersimpática. Por isso eu me assustei.

— Então, o que está dentro do quartinho deve ser muito valioso.

— Ou secreto... — disse a menina.

— Ou secreto... — repetiu Felipe, passando a mão na cabeça de Biscoito.

O cachorro começou a uivar, fazendo estremecer os dois novos amigos.

Frau Ingrid

— Onde é que você andou, Felipe? Já tomou seu café? — Dona Helena se espreguiçava diante da janela aberta.

— Fui dar uma volta de bicicleta. Ainda não tomei café, não. Tava esperando por vocês.

O pai de Felipe saiu do banheiro, cantarolando, um perfume de loção pós-barba espalhando-se à sua volta.

— Bom dia! Todo mundo pronto? O café da manhã desta pousada é famoso. Mal posso esperar pra comer as cucas, as geleias, o mel...

— Credo, Francisco, desse jeito você vai voltar pro Rio com uns cinco quilos a mais!

— Ah, vou mesmo! Com toda esta paz, ar puro e boa comida, nem pense em me falar de regime!

Os três desceram a escada em caracol que levava ao andar térreo. Do lado direito da sala de estar, as portas de correr estavam abertas. Umas poucas pessoas se espalhavam pela sala de refeições, de grandes janelas envidraçadas dando vista para o jardim florido.

Dona Helena parou na entrada da sala, o olhar perdido nas flores, encantada. Dr. Francisco, impaciente, tocou-lhe o braço, apontando uma grande mesa onde uma infinidade de pães e bolos, geleias e frutas se espalhava. Ao lado da mesa, Frau Ingrid, sorridente, desmanchava-se em gentilezas com os hóspedes. Felipe mal podia acreditar que fosse a mesma pessoa que vira mais cedo, possessa, cuspindo fogo.

— Bom dia, bom dia! Dormirram bem? O que von querrer? Chá, café, chocolate? — Frau Ingrid girava em volta dos três recém-chegados, enquanto os levava para uma mesinha.

Dr. Francisco fez os pedidos e começou a falar, entusiasmado, do passeio que havia programado para aquela tarde.

Foi interrompido por uma mulher vestida de camponesa alemã, que parecia ter surgido do nada, com um bule de chocolate fumegante na mão.

A mulher, de porte avantajado, movia-se de forma estranhamente leve. O rosto de traços grosseiros não tinha a menor expressão, os olhos baixos causavam uma sensação desagradável, indefinível.

— Que mulher mais esquisita! — sussurrou dona Helena, quando ela se afastou. — Não sei por quê, mas me dá arrepios.

— Bobagem, Helena. É apenas uma profissional discreta, ideal para um lugar como este. Repousante!

Dona Helena sacudiu a cabeça, não muito convencida.

Felipe tomava café, observando Frau Ingrid. A alemã era a imagem da cordialidade. Os cabelos louros encaracolados emolduravam um rosto agradável, onde olhos muito azuis faiscavam. Mas, por mais de uma vez, o menino pensou ver uma dureza, quase uma maldade, naquele rosto afável.

"Como se ela usasse uma máscara", pensou Felipe.

— E então, Felipe, o que acha do programa? — perguntou dr. Francisco, animadíssimo.

Felipe respondeu, distraído:

— Programa? Que programa?

— Será possível que você não tenha escutado uma palavra do que eu disse? — O pai se aborreceu.

– Escutei, sim, pai. Você tava falando de uma cachoeira. – O menino não tirava os olhos de Frau Ingrid.

– O que você tanto olha?

– Nada. Como é mesmo o nome da tal cachoeira? – disfarçou Felipe, desviando o olhar.

– Cachoeira dos Ciganos.

– Cachoeira dos Ciganos... – disse, sonhadora, dona Helena. – Que nome mais romântico.

– É essa a imagem que você tem dos ciganos? Engraçado, geralmente eles não são muito bem-vistos.

– Música, roupas coloridas, dança em volta do fogo, pactos de sangue, o destino escrito nas linhas da mão... – dona Helena divagava.

– E crianças roubadas, roupas sumidas dos varais, cavalos e galinhas misteriosamente desaparecidos... – brincou dr. Francisco no mesmo tom.

– Isso é lenda, preconceito contra um povo livre e alegre. Liberdade e alegria incomodam muita gente, sabia?

– Tá, tá. Não vamos estragar nosso dia com uma discussão boba. Além do mais, os ciganos que armavam suas tendas perto da cachoeira estão sumidos há muitos anos, me disse o agente de turismo.

– Que pena... – suspirou dona Helena. – E o que foi mais que ele disse? Estas férias foram resolvidas tão às pressas, que eu nem tive tempo de olhar aquele folheto.

– Aquilo mesmo que o seu primo Renato havia falado. É uma cidadezinha tranquila, com algumas atrações, como essa cachoeira, clima maravilhoso e a vantagem de ficar perto de uma cidade histórica.

Dr. Francisco levantou-se.

– Vou ler os jornais no jardim. Você vem, Helena?

– Vou, sim. Quero ver de perto aquelas folhagens. Acho que vou tirar umas fotos.

– E você, Felipe, o que vai fazer?

– Andar um pouco de bicicleta – disse o menino, lançando um último olhar à dona da pousada.

As cartas não mentem jamais...

Debruçada sobre o tacho de cobre, a mulher esperava que o líquido escuro e grosso começasse a ferver. Quando as primeiras bolhas surgiram, deixou cair alguma coisa dentro do tacho. Um cheiro nauseante se espalhou. Com um sorriso de poucos dentes, retirou o tacho do fogo.

Foi sentar-se na entrada de uma tenda velha, remendada, erguida não muito distante.

Puxando do bolso da saia um baralho ensebado, começou a dispor as cartas em fileiras. A cada carta virada, um espasmo contraía seu rosto. A última carta, colocou voltada para baixo, coberta. Por alguns minutos ficou de olhos fechados. Afinal, com gesto brusco, virou a carta. Um grito de horror quebrou o silêncio.

Um passeio com Bárbara

Felipe foi até seu quarto buscar o canivete. Quando tornou a descer, as portas da sala de refeições estavam fechadas. Como pegar o boné esquecido nas costas da cadeira?

Por um momento ficou indeciso. Lembrou-se, então, da saleta entrevista por trás da mesa de recepção, na chegada. Certamente encontraria alguém lá.

A porta da saleta estava encostada. Felipe escutou vozes. Já ia abrindo a porta, quando uma voz irritada de homem se elevou:

— Você ter que se contrrolar, Ingrid! Grritar daquele jeito com o menina! E se alguém ouviu?

— Ninguém ouvir nada, Franz! Me deixe em paz!

— E o menina? Deve ter ficado desconfiado.

— Aquele menina boboco? Aquele non desconfiar, ficar muito assustado prra desconfiar... — Frau Ingrid riu.

— É melhor tomar cuidado. Amanhã... — O dono da pousada começou a falar em alemão.

Felipe deu meia volta, abafando os passos.

Que se danasse o boné! Tinha coisa mais importante para fazer: contar a Bárbara a conversa que ouvira.

Ao pegar a bicicleta no estacionamento, deu um jeito de passar junto à cerca de esponjinhas. Do quartinho misterioso, só viu uma parte. Deixou para mais tarde uma investigação detalhada. A cabeça estava fervendo de perguntas e planos.

Passou pelo jardim, onde estavam a mãe e o pai, pedalando devagar, na dúvida se levava ou não Biscoito. Decidiu deixá-lo com os pais na pousada.

Bárbara esperava impaciente. Ao ver Felipe, exclamou:

— Puxa vida, que café mais demorado! Você deve ter se empanturrado!

— O café da pousada é gostoso, mas não foi só por isso que eu demorei. Tenho novidades!

— É mesmo? Sobre o quartinho? Conta logo, Felipe!

— Melhor a gente sair daqui. Vamos dar uma volta de bicicleta. Eu vou contando no caminho.

●

Os dois meninos pedalavam pela rua arborizada, de casas bem-cuidadas, fugindo ao sol forte de montanha.

Felipe espiava Bárbara pelo canto do olho. A menina ia muda, a testa franzida num esforço de concentração.

Engraçado como ele se sentia bem ao lado dela. Nem parecia que haviam se conhecido há poucas horas.

— Não adianta, Felipe. Não consigo lembrar de nenhuma coisa estranha.

— Nem uma fofoca? Nesta cidade todo mundo deve saber da vida dos outros.

— Nada. Eles sempre foram bacanas, todo mundo gosta deles — respondeu, desanimada.

— E há quanto tempo eles estão por aqui?

— Uns três anos, eu acho.

— Foram eles que construíram a pousada?

— Não, quer dizer, antes aquilo não era uma pousada. Eu me lembro que fizeram uma baita obra. Por que você tá fazendo essas perguntas?

— Tô tentando descobrir uma explicação pro quartinho e pra conversa que eu ouvi.

— Ih, Felipe, desse jeito a gente não vai descobrir nada. O negócio é entrar no quartinho e...

De repente, Bárbara percebeu que estava falando sozinha. Felipe parara a bicicleta, alguns metros atrás, e examinava uma casa.

A menina deu a volta, freando bruscamente ao seu lado.

— Depois diz que eu sou meio doida! Qual é, Felipe? O que você tá fazendo aí?

Ele não deu bola para a provocação. Parecia estar hipnotizado. Afinal, perguntou:

— Você conhece essa casa?

— Claro! É uma casa velha pra burro, abandonada há um tempão. Parece que o dono morreu, e a única filha mora na Europa. Nunca se interessou pela casa. Disseram que agora tá ameaçada de cair. Botaram até uma placa pra ninguém mais entrar.

O menino esticou o pescoço como se estivesse procurando alguma coisa.

— E quem é que entrava?

— Os meninos da rua. Eu também vinha de vez em quando. Mas vinha escondida. Minha mãe não gostava que eu brincasse aqui.

— Por quê?

— Puxa, como você é perguntador! Por que você quer saber tudo isso? — Bárbara se impacientou.

— Porque eu vi uma coisa aí, ontem à noite...

— Uma coisa? Ontem à noite? Como assim? — De repente estava interessada.

— Primeiro me diz por que sua mãe não queria que você brincasse aqui — desconversou Felipe.

— Seu chantagista! Eu te contei do quartinho...

— Eu também vou contar. Agora me diz — insistiu o menino.

— Coisa de mãe. Dizia que podia ter algum vagabundo escondido, que ela é mal-assombrada, essas bobeiras.

Felipe olhou mais uma vez para a casa. Telhas quebradas, reboco caindo, as janelas do andar de cima pregadas com tábuas, o jardim cheio de mato e a placa na entrada:

Lembrou da luz amarelada, diferente, que vira lá dentro, da sombra passando diante da janela do andar de baixo.

A curiosidade que sentira na véspera voltou, trazendo algo novo: um frio no estômago que o fez, instintivamente, apalpar o canivete.

— E então, o que foi que você viu?

Com um sobressalto, Felipe virou-se para Bárbara:

— Nada. Eu tava brincando. — Montou na bicicleta e saiu a toda.

"Não dá pra contar! Como é que eu vou dizer pra ela que, quando eu tava chegando na cidade, vi essas coisas na casa? Ela vai rir de mim, vai dizer que eu tô parecendo a mãe dela, a avó, sei lá!"

— Ei, Felipe, espera! Isso não é justo!!

— Te vejo mais tarde! Tá na hora do almoço! — Dobrou a esquina e entrou na pousada, deixando uma Bárbara furiosa para trás.

Um anúncio muito doido

Marina: Quando a cotovia cantar, as lebres estarão em festa. Traga os bolinhos e vista a roupa azul. Mamãe quer se casar. Saudades do Odie.

O delegado Fonseca tamborilava os dedos no tampo da mesa da copa, os olhos fixos no jornal. Ao seu lado, esquecido, o café com leite esfriava.

Fonseca era o responsável pela 16ª Delegacia, no Rio de Janeiro. Um homem equilibrado e bom, que acreditava em suas intuições.

Sempre gostara de ler a seção de classificados. Era mania antiga. Volta e meia dava com uns anúncios extravagantes, mas aquele batia o recorde.

Era a terceira vez que saía naquela semana. O delegado estava começando a desconfiar de que o anúncio fosse algo mais que uma brincadeira. A tremedeira na batata da perna reforçava a desconfiança. O músculo a se sacudir em espasmos era sinal certo de encrenca. Não falhava nunca.

Fonseca dobrou o jornal, pensativo, e guardou-o numa gaveta. Foi à área de serviço revirar uma pilha de jornais velhos. Dali a pouco, voltou com mais dois cadernos de classificados. Sem pressa, guardou-os com o outro e vestiu o paletó.

Saiu para a delegacia com o anúncio rodando na cabeça e uma sensação de estômago vazio.

Cachoeira
dos Ciganos

Felipe já não sabia mais o que inventar para passar o tempo.

Enquanto o pai e a mãe conversavam, escarrapachados em suas espreguiçadeiras dobráveis, o menino andava de lá para cá, seguido por Biscoito.

A cachoeira era o máximo. Afastada do centro da cidade e rodeada pela mata, formava uma grande piscina natural, funda o bastante para se mergulhar. O menino havia nadado até cansar. Depois, deita-ra-se numa toalha e tirara um cochilo. Acordara com dr. Francisco sacudindo seu ombro.

— Hora do lanche! — dissera ele, puxando, como num passe de mágica, o pano xadrez que cobria a cesta de piquenique.

Dona Helena, entre risos e exclamações — "Desse jeito vou virar uma bola! Primeiro e último piquenique, hein, Francisco!" —, come-çou a distribuir os sanduíches. Logo a cesta estava vazia.

Os pais armaram as espreguiçadeiras e Felipe foi brincar com Bis-coito. Quando cansou, resolveu explorar a clareira.

Não achou nada interessante. Começou a ficar indócil.

— Pai, a gente ainda vai ficar muito tempo por aqui?

O pai interrompeu a conversa, virando-se para ele.

— Um pouco, Felipe, por quê? Não está gostando?

— Não é isso. É que eu não tenho mais nada pra fazer...

— E se você seguisse aquela trilha? — O pai apontou um caminho que entrava na mata.

— Posso? — Felipe se animou.

— Claro. Só não vá muito longe, porque daqui a pouco vai começar a escurecer e a estrada está esburacada.

— Você acha que é seguro, Francisco? Ver o Felipe explorar uma trilha me dá arrepios. E se ele encontrar alguma coisa, se meter em mais uma confusão?

— Não se preocupe, Helena. Isto aqui não é o Rio de Janeiro. Além disso, o Biscoito vai com ele. — Dr. Francisco mostrou, com um sorriso, o cachorro, que saltava em volta de Felipe.

●

A trilha foi uma decepção. Felipe não encontrou nada pelo caminho. Estava pensando em desistir, quando Biscoito começou a farejar, agitado.

— O que foi, Biscoito? Descobriu alguma coisa? — Felipe examinava a mata, procurando algo diferente.

De repente, o *beagle* desembestou pela trilha. O menino saiu correndo atrás, danado.

"Que burrice ter deixado ele solto!", pensava, já sem fôlego, quando ao virar uma curva, a trilha acabou.

Felipe parou, aturdido. De Biscoito nem sinal. A mata parecia ter engolido o cachorro.

Ficou sem ação. Estava se virando para voltar e pedir ajuda ao pai, quando escutou os latidos. Embarafustou mata adentro, xingando.

Chegou a uma pequena clareira, com os tênis enlameados, braços e rosto arranhados e uma vontade louca de torcer o pescoço do *beagle*.

Biscoito farejava uma tenda remendada, erguida no meio da clareira.

Felipe foi se aproximando devagar, a raiva e o cansaço esquecidos. Não via ninguém, mas, um pouco afastado, um fogo morria.

O cachorro entrou na tenda. O menino esperou, tenso, por algum sinal de vida. Nada. Resolveu entrar também.

Não encontrou móveis na tenda deserta. Apenas tapetes gastos e almofadas desbotadas, cor de ouro velho. Em um canto, algumas panelas e um tacho de cobre. Do tacho vinha um cheiro horrível que embrulhou seu estômago.

Biscoito cheirava um baú de madeira, em cuja tampa, numa pintura esmaecida, uma mulher vestida de vermelho dançava em volta de uma fogueira.

"Ciganos!", pensou Felipe, lembrando da conversa dos pais.

Nesse momento, o cachorro derrubou o baú, que caiu, com estrondo, espalhando seu conteúdo. Um lenço escarlate com moedas presas à bainha, colares e pulseiras, uma longa saia de seda estampada, um punhal, um par de sapatos de criança, uma chupeta e outras quinquilharias.

O menino devolveu tudo ao baú, apressadamente, e, pegando a guia da coleira de Biscoito, saiu da tenda.

Na clareira, correu o olhar em volta, com a inquietante sensação de estar sendo observado. Não vendo ninguém, meteu-se pela mata em busca da trilha, o canivete apertado na mão. Começava a escurecer e Felipe apressou o passo, sem perceber a mulher escondida atrás de uma árvore.

Ao alcançar a trilha, a mulher surgiu à sua frente. Os longos cabelos em desalinho caíam-lhe sobre o rosto moreno, onde a boca pintada contrastava desagradavelmente com os dentes estragados. Os grandes olhos escuros tinham um brilho de febre, de pavor.

A mulher estendeu os braços para Felipe, murmurando:

– Ajude-me. Ajude-me. Eu...

O menino saiu correndo, puxando Biscoito.

Pesadelos e confidências

— Que bicho te mordeu, Felipe? Voltou do passeio à cachoeira tão esquisito!

— Não foi nada, mãe. Tá tudo bem.

— Estou achando você meio pálido... — Dona Helena insistiu.

— Que pálido, Helena! Ele tomou sol, nadou, se alimentou bem. Quando muito, está cansado. — Definitivamente, dr. Francisco se recusava a enxergar qualquer coisa que pudesse estragar o seu bom humor.

— É isso mesmo, mãe. Eu tô caindo de sono. Vou dormir pra poder acordar cedo amanhã. Tenho um monte de coisas pra fazer.

Felipe foi para seu quarto, deixando a mãe pensativa.

"Um monte de coisas pra fazer... Nós mal chegamos à cidade, o que será que ele quis dizer com isso?"

Felipe rolava na cama, gemendo. Sonhava que abria o quartinho com Bárbara, porém, ao entrarem, o quartinho se transformava na casa condenada. Envolta pela luz amarela de uma enorme fogueira, a mulher que encontrara na trilha esperava pelos dois, com um punhal na mão. Felipe puxava Bárbara para a porta, mas a menina tropeçava e caía, gritando: Ajude-me! Ajude-me!! Quando Felipe ia tentar ajudá-la, a mulher atacava-o com o punhal. Apavorado, ele fugia, perseguido pelos gritos de Bárbara que se convertiam em risadas.

Acordou tremendo, suando, um aperto no coração. Por um longo tempo lutou contra o sono. Sentia o pesadelo rondando, de tocaia. Afinal, chamou Biscoito para sua cama. Vencido pelo cansaço, adormeceu, intranquilo, abraçado com o cachorro.

●

Bárbara esperava Felipe do lado de fora da pousada. Ainda estava furiosa, mas um fato novo fazia com que andasse, aflita, para cima e para baixo.

A rua sossegada estremeceu com a passagem de duas motos em disparada. A menina virou-se para ver os rapazes mal-encarados, de casacos de couro, as cabeças rapadas brilhando sem capacetes.

Uma velhota, que passeava com seu cachorrinho, passou por ela resmungando:

— Turistas! Malditos turistas! Essa mocidade está perdida...

Bárbara riu baixinho, provocando um olhar reprovador de dona Marocas, que se afastou balançando a cabeça, murmurando:

— Não há mais respeito!

Nisso, Felipe apareceu na alameda de entrada da pousada. Vinha com cara de quem não pregou olho a noite inteira, meio arrastado por Biscoito. Vinha tão fora do ar, que quase foi atropelado por um furgão preto que saía da pousada a toda velocidade.

O furgão não parou, apesar dos latidos de Biscoito.

Bárbara chamou Felipe, que, ainda meio zonzo, apertou o passo.

O cachorro pulou nas pernas de Bárbara, contente.

Ela se abaixou, fazendo-lhe festa, enquanto dizia a Felipe, entre dentes:

— Seu falso! Me fez de boba e depois sumiu. Onde foi que você se meteu ontem?

— Puxa vida! Você viu aquele furgão? Quase me atropelou! — Felipe endireitou os óculos.

— Vi, sim, mas você tava andando que nem um sonâmbulo. Nas nuvens. Agora para de me enrolar e diz aonde você foi.

— Fui com meus pais à Cachoeira dos Ciganos. Voltamos quase na hora do jantar — explicou, em tom de desculpa. Era incrível como Bárbara o dominava.

— Não sei por que ainda falo com você! Garanto que viu mesmo alguma coisa naquela casa. Não quer é contar! Se soubesse o troço horroroso que aconteceu, talvez resolvesse soltar a língua... — Bárbara fez uma careta medonha.

— O que foi que aconteceu? — Felipe se assustou.

— Você jura que me conta o que viu?

— Juro. — Felipe estava achando que aquela cidadezinha não era tão sossegada quanto parecia.

— Sumiu uma criança ontem. Uma menininha linda, filha do dono do açougue onde minha mãe compra carne.

— Sumiu como? — o menino perguntou, desconfiado.

— Sumindo, Felipe. A mãe disse que ela estava brincando na frente do açougue, lá na rua das Acácias. De repente sumiu. Já reviraram a cidade toda, e nada. Evaporou. Agora você vai contar?

— Vou, mas não deve ter nada a ver. O que eu vi, vi antes do sumiço da menina.

Felipe contou a Bárbara as coisas que vira na casa. Procurou falar de um jeito displicente, como se não estivesse dando muita importância. Ainda tinha receio de que ela risse dele.

Mas ela não riu. Nem ao menos sorriu. Parecia interessadíssima na história. Queria detalhes que ele não podia dar; tudo havia sido muito rápido. Se o pai tivesse parado o carro como ele pedira...

— E por que ele não parou? Não acreditou em você?

— Não, não foi por isso. É que no ano passado eu me meti numa confusão danada, tentando descobrir o mistério de uma caverna.

— Mistério de uma caverna?! Como foi, Felipe? Me conta!

Felipe contou. Quando terminou, a menina o olhava com os olhos arregalados, cheios de admiração.

— Puxa vida, que sufoco! — Bárbara balançava a cabeça, impressionada.

Entre lisonjeado e encabulado, Felipe desviou o rumo da conversa.

— E o quartinho? Você descobriu mais alguma coisa? Hoje é o tal dia em que o dono da pousada disse que a Frau Ingrid deveria tomar cuidado. Ele falou de um jeito que eu fiquei com a impressão de que alguma coisa tá pra acontecer.

— Nada. Não descobri nada. Também, como é que eu vou entrar na pousada depois do lance de ontem? — Bárbara parou, de repente, com um brilho estranho nos olhos. — E se ela roubou a filha do açougueiro e escondeu no quartinho? A rua das Acácias é pertinho daqui.

— A Frau Ingrid? Roubou a menininha? A troco de quê?

— Sei lá! Eles não têm filhos, e a menina é loura, de olhos azuis, parece uma boneca. Tem doido pra tudo!

— E você acha que a menina ia ficar muda, sem chorar nem nada? E como é que eles iam fazer? Deixar a menina presa lá pro resto da vida? — Felipe balançou a cabeça, incrédulo.

— É, eu disse besteira. Mas tem alguma coisa estranha naquele quartinho...

— O negócio é ficar por perto, de olho, pra ver se acontece alguma coisa diferente. Quem sabe eu consigo dar uma espiada no quartinho.

— E a casa? — a menina perguntou, ansiosa.

— Vai ter que esperar.

Retratos

Encolhida na cama, a menininha dormia dopada por sedativos. O rosto miúdo perdido no meio dos cachos louros.

A mulher pesadona, de traços grosseiros, examinava-se ao espelho enquanto atava à cintura um avental.

Seus olhos passaram da figura desgraciosa que o espelho refletia para a linda menina. Depois, foi acariciar com as pontas dos dedos os inúmeros retratos colados à porta do armário. Todos do mesmo homem. Um cantor da moda que possuía uma casa de verão na cidade.

Breve, o sacrifício seria consumado. A máscara africana receberia com agrado aquela oferenda preciosa, dando-lhe em troca a beleza e a juventude necessárias para a conquista de seu amado. Cumprir-se-ia a promessa da cigana Zoraya...

●

Felipe passara a manhã inteira zanzando pela pousada. Com o pretexto de procurar seu boné, que ainda não fora encontrado, enfiara-se em todos os cantos.

Estava deixando por último o estacionamento. Os pais haviam programado um outro passeio para depois do almoço, e ele teria mais liberdade. Difícil fora convencer dona Helena a deixá-lo ficar. Mas o pai viera em seu socorro, dizendo que iam visitar igrejas, e igreja não era lugar para se levar cachorro. Já que Felipe não queria ir, Biscoito ficaria com ele na pousada e o problema estaria resolvido.

A investigação, até aquele momento, havia sido um fracasso. Não só não encontrara nada suspeito, como não vira sinal de Frau Ingrid durante todo o dia. Apenas o dono da pousada e aquela empregada, com quem a mãe havia cismado, pareciam estar trabalhando. Naquele seu jeito de morta-viva, ela movia-se pela pousada como se estivesse em todos os lugares ao mesmo tempo. A mãe tinha razão, pensou Felipe, a mulher era estranhíssima!

Dona Helena apareceu no jardim.

— Tchau, Felipe! Estamos indo. Tem certeza de que não quer mesmo vir? — perguntou, dirigindo-se ao estacionamento.

O menino foi atrás dela, seguido pelo cachorro.

— Tenho, sim, mãe. Vou ficar com o Biscoito.

— O Biscoito pode esperar no carro, não está fazendo muito calor — a mãe insistiu.

— Ah, mãe, esse negócio de visitar igreja não é muito comigo...

— Vamos embora, Helena, já está ficando tarde — chamou dr. Francisco, acomodando, cuidadosamente, a cesta de piquenique no banco de trás.

— Tchau, pai. Tchau, mãe. Divirtam-se! — Felipe ficou no estacionamento, acenando.

Assim que o carro desapareceu, o menino olhou em volta, disfarçadamente. Ninguém à vista. Estava na hora de examinar o quartinho.

Apesar da aparência velha, descuidada, o quartinho era uma construção bastante segura. Felipe não conseguia encontrar nenhuma fresta que permitisse ver o que havia lá dentro. O cadeado era estrangeiro, super-reforçado. Nem pensar em abri-lo com seu canivete. Era impossível. Ia desistindo, quando percebeu uma ponta de papel brilhoso escapulindo por baixo da porta. Abaixou-se e puxou o papel com cuidado. Era um retrato. Meio amarelado pelo tempo, porém ainda nítido. Um homem em uniforme militar, com um símbolo esquisito na manga do braço erguido para frente, numa pose rígida, forçada. Felipe ajeitou os óculos e virou o retrato. Atrás, algumas palavras escritas em língua estrangeira (provavelmente alemão, pensou) e uma data.

Consultou seu relógio digital. Estava quase na hora do encontro marcado com Bárbara, na lanchonete da rua das Acácias. Aquele retrato podia não ter o menor significado, mas era a única coisa que conseguira. Num impulso, guardou o retrato no bolso.

Ao sair de trás da cerca de esponjinhas, viu Frau Ingrid e o marido subindo a alameda, numa animada conversa com um casal. Respirou, aliviado, ao perceber que não haviam notado sua presença.

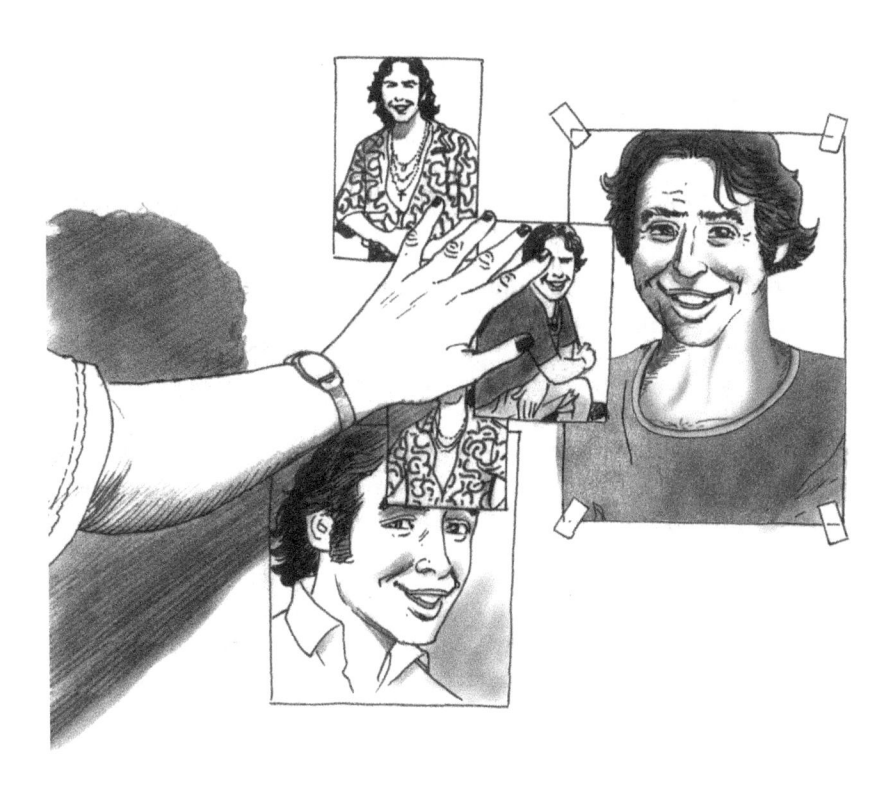

Quebra-cabeça

O delegado Fonseca tornou a misturar as palavras recortadas em papel.

Há dois dias aproveitava qualquer momento de folga para tentar decifrar aquele anúncio maluco.

Pacientemente, escrevera e recortara cada uma das palavras. Já havia tentado várias combinações; até o momento nenhuma delas fizera sentido. Estava na estaca zero.

O anúncio não voltara a sair. Certamente atingira seu objetivo. Àquela altura, a pessoa, ou as pessoas às quais fora dirigido deviam estar "vestidas de azul, comendo bolinhos".

Uma ligeira irritação tomou conta de Fonseca. Logo, porém, animou-se. Lembrara-se de um velho amigo cujo *hobby* era o estudo de códigos. Telefonaria para ele e passariam a tarde de sua folga juntos. Brincando de quebra-cabeça.

Bárbara conta uma história

Felipe prendeu a guia de Biscoito num ferro do lado de fora da lanchonete.

— Quietinho, hein? — recomendou.

Não fora difícil encontrar a lanchonete. A rua das Acácias, paralela à rua da pousada, era a rua onde se concentrava o comércio de Miraflores. Lanchonetes, havia duas. Bárbara marcara o encontro na mais nova, com um pretensioso nome em inglês.

— Os sorvetes de lá são uma delícia! — dissera a menina, com aquele sorriso que deixava Felipe de joelho bambo.

Fazendo uma festinha em Biscoito, que não estava gostando nem um pouco de ficar ali, entrou. Encontrou Bárbara sentada diante de uma enorme taça de sorvete.

— Desculpa, mas eu não aguentei esperar — disse a menina, meio sem-graça. — E aí? Alguma novidade?

Sem uma palavra, Felipe puxou o retrato e colocou em cima da mesa.

— O que é isso? Deixa eu ver. — Esticou o braço, empurrando o sorvete para o lado.

Para espanto do menino, ao olhar o retrato, Bárbara empalideceu.

— Onde foi que você encontrou isso? — perguntou, tensa.

— No quartinho — respondeu Felipe. — Eu vi a pontinha saindo por baixo da porta e puxei. Por que você tá desse jeito? Conhece esse homem?

— Esse é Hitler — disse a menina —, o assassino do meu povo.

— Um assassino??? Seu povo? Não tô entendendo nada! — Felipe olhava para ela com os olhos arregalados.

— Você nunca ouviu falar em Hitler, em nazismo, na perseguição aos judeus?

— Não. Ou, se ouvi, não me lembro.

— Eu vou te contar o que eu sei. Meu avô esteve num campo de concentração quando era criança.

E Bárbara contou. Falou dos horrores cometidos por Hitler e seus seguidores, na Segunda Guerra Mundial, em nome do aprimoramento da raça. Das famílias perseguidas, separadas; gente arrancada de seus lares no meio da noite e embarcada nos vagões de carga dos trens, como bicho, numa viagem cujo destino final eram os campos de concentração. Contou sobre a vida miserável nesses campos; as pessoas marcadas como gado, a fome, as doenças, o frio, o desespero e, no final, o extermínio em massa nas câmaras de gás, os corpos queimados em fornos.

— Mas como tudo isso aconteceu? Por que ninguém fez nada pra parar esse louco? — Felipe estava horrorizado.

— Não sei... — A menina balançou a cabeça. — Eu também não entendo.

— Você disse que seu avô esteve num campo de concentração. Como foi então que ele se salvou? — Felipe fez um sinal negativo para a garçonete, que, finalmente, se aproximava. Não dava para interromper a conversa escolhendo sorvete.

— Os nazistas perderam a guerra e os campos de concentração foram invadidos pelos soldados aliados. Eles encontraram alguns prisioneiros vivos, meu avô era um deles.

— Poxa, que sorte que ele deu!

— É, Felipe, mas sabe que o nazismo tá voltando? Agora se chama neonazismo.

— Não é possível!

— É, sim. E tá crescendo. Eles usam o símbolo que você tá vendo aí na fotografia, a suástica. Perseguem os imigrantes, matam pessoas, incendeiam casas; você nunca viu na televisão?

— Acho que sim. Movimentos racistas na Europa, não é? Mas eu não sabia que era isso.

— Não é só na Europa, não. Essa praga tá por toda parte, até aqui no Brasil. Um dia desses, meu avô tava dizendo que deve ter sido assim que tudo começou da outra vez. As pessoas nem percebem o perigo, e, quando querem fazer alguma coisa, é tarde.

— Bárbara, por que será que esse retrato tava lá? Será que a Frau Ingrid e o marido são neonazistas?

— Deve ser isso mesmo! Agora é que nós temos que descobrir o segredo do quartinho de qualquer jeito! Você não descobriu mais nada?

— Não. O quartinho é super bem fechado, e a Frau Ingrid esteve sumida o dia inteiro. Chegou bem na hora em que eu saí de trás da cerca de esponjinhas. Sorte que ela e o marido vinham conversando com um casal e não me viram. — Felipe se arrepiou. Aquela história de nazismo tinha mexido com seus nervos.

Bárbara começou a brincar com a colher no sorvete meio derretido, pensativa.

Felipe olhava para ela, mudo, o retrato queimando suas mãos. Afinal não aguentou mais.

— E esse retrato? O que que eu faço com essa porcaria?

— Guarda. A gente pode precisar dele. — De repente a menina estava muito séria. — Agora vamos embora. Vê se descobre o que vai acontecer hoje de tão importante. Qualquer coisa, me chama.

— E o sorvete, Bárbara? Não vai tomar?

— Perdi a vontade.

●

Na rua, ao desprender a guia de Biscoito, o cachorro começou a rosnar. Felipe virou-se e deu com o furgão, que quase o atropelara, estacionando ao lado da lanchonete. No volante, um rapaz de cabeça rapada deu um sorriso mau para o cachorro, murmurando:

— Cachorrinho, cachorrinho, quer fazer companhia aos meus gatinhos?

— Quem é esse cara? Você conhece? — o menino perguntou, baixo, a Bárbara.

— É o filho do dono de um outro açougue, lá no final da rua. O nome do açougue é "O boi dourado", dá pra acreditar? Minha mãe não suporta nem o pai, nem o filho. Diz que eles não prestam.

— Ele tem mesmo cara de bandido — disse Felipe, arrastando Biscoito, que latia, furioso.

Uma investigação

A mulher chorava desesperadamente, abraçada ao marido.

O delegado Oliveira caminhava, impaciente, pela sala. Da porta até sua mesa, da mesa à porta. Parecia uma fera enjaulada. De vez em quando, parava e consultava o relógio. Recomeçava a andar.

Finalmente, a porta se abriu, dando passagem a uma mulher malcuidada, vestida de maneira estranha, de olhar aterrorizado.

O homem que a acompanhava empurrou-a para a frente do delegado de Miraflores.

— Custei à beça pra encontrar, dr. Oliveira. A danada tinha se escondido.

Oliveira balançou a cabeça, murmurando:

— Cigana Zoraya... Muito bem. Agora a investigação vai começar a caminhar.

A mulher que chorava levantou-se, enlouquecida, gritando:

— Ladra de crianças! Onde está minha filha??

A cigana recuou, gemendo de forma desconexa:

— Não se foge ao destino... as cartas não mentem... não se foge...
estava escrito...

Oliveira balançou a cabeça, cansado. Dois dias investigando o
desaparecimento da menina do açougueiro e nada. Aquilo nunca
acontecera na cidade, precisava dar uma solução rápida. Não queria
ver a paz das famílias perturbada por algum maníaco. A cigana pa-
recera uma boa ideia. Vivia sozinha, era meio matusquela, enfim,
tinha o perfil certo. Todos sabem que ciganos são estranhos, vivem
pelas próprias leis. E agora isso! Zoraya parecia completamente perturbada, o olhar desvairado dizia que a investigação não ia ser nada
fácil. O delegado suspirou.

Felipe
e Bárbara

A cabeça de Felipe estava uma barafunda. As coisas estavam acontecendo muito rápido, sem que ele tivesse tempo para pensar. Precisava parar um pouco, botar a cabeça em ordem.

Não houvera oportunidade para falar com Bárbara a respeito do estranho encontro na Cachoeira dos Ciganos. Por mais que tentasse não dar importância ao caso, não conseguia se livrar de um sentimento de culpa, toda vez que lembrava daquela mulher. Ela o assustara, aparecendo de repente, não tinha um jeito normal, mas parecia tão desesperada ao pedir ajuda... e ele fugira.

"Fiz a coisa certa", repetia para si mesmo, "chega de confusão! Prometi que essas férias seriam tranquilas."

Mas não estaria se metendo numa confusão sem tamanho, ao tentar descobrir o que havia no quartinho e ao espionar os donos da pousada? E a casa condenada? E a menininha desaparecida? Poxa, eram coisas de mais!

Bárbara montou na bicicleta e dirigiu-se para a casa abandonada. Os últimos acontecimentos haviam-na deixado muito perturbada. Já que não podia entrar na pousada, resolveu investigar a casa. Assim, não se sentiria tão inútil, e esqueceria um pouco o horror que lhe causara o retrato trazido por Felipe.

Ao chegar em frente à casa, sentiu a coragem faltar. Estava escurecendo, e a possibilidade de ver alguma coisa sobrenatural arrepiou sua nuca. Espantou a ideia com uma risada forçada, que ecoou no silêncio de forma assustadora.

Meio trêmula, estacionou a bicicleta e, pé ante pé, entrou no jardim. À medida que se aproximava da casa, um ruído estranho começou a chegar-lhe aos ouvidos. Era uma mistura de canto gutural e gemido de vento. Olhou em volta, procurando a origem do som. Não viu nada, apenas o jardim invadido pelo mato onde nem uma folha se movia. Continuou a andar, atraída pelo ruído. Foi levada à lateral da casa, cujas imundas janelas de vidro coavam uma luz amarelada. O coração de Bárbara disparou no peito. Sem pensar duas vezes, colou o rosto à janela. Um vulto de mulher dançava no meio de um círculo de velas, cujas chamas tremiam como que sopradas pelo vento. Na parede alguma coisa brilhava. A menina esfregou a manga da blusa no vidro rachado, tentando limpá-lo para ver melhor. Quando voltou a olhar, viu a máscara. Presa à parede, horrenda, os olhos brilhando à luz das velas. Com um gemido estrangulado, fugiu, sem que a mulher em transe a notasse.

Reunião
secreta

Ao casal que Felipe vira, conversando com os donos da pousada, haviam se juntado outros casais.

— A pousada encheu de repente. Você viu, Francisco?

— É. Mas, certamente, deve ser só para o fim de semana. Depois volta a tranquilidade.

— Eu gosto. Assim é mais animado, mais divertido. Os alemães são alegres — disse a mãe de Felipe.

— Alemães? — Felipe se intrometeu na conversa dos pais.

— É, alemães. A maior parte deles é estrangeira. Eles estão falando português, mas dá pra perceber o sotaque — respondeu dona Helena.

"Tenho que ficar perto deles! Ouvir as conversas. Não foi à toa que eles apareceram hoje aqui. Tá na cara que deve ter alguma coisa a ver com o papo que eu ouvi na saleta. Na certa é uma reunião secreta!" Felipe foi se encaminhando para o lado do grupo barulhento, instalado junto à lareira da sala de estar.

Eram doze pessoas ao todo. Uma gente bonita, de aspecto saudável, bem-vestida.

Uma mulher, de azul, era o centro das atenções. Parecia estar contando uma história muito engraçada, pois, volta e meia, era interrompida pelas gargalhadas do grupo.

Felipe começou a mexer nuns jogos espalhados em cima de uma mesa, próxima a eles, fingindo-se interessadíssimo no que fazia. Sua presença não pareceu incomodá-los, não lhe dispensaram a menor atenção.

A mulher de azul continuou sua história, falando sobre o encontro com uma pessoa que lhe haviam dito estar morta, exagerando o susto e o mal-estar causados pelo equívoco.

A Felipe, a história não parecia tão engraçada, mas o grupo se escangalhava de tanto rir. Às vezes, alguém fazia uma observação em alemão, aumentando ainda mais as risadas.

Dr. Francisco chamou o menino, estava na hora do jantar.

Felipe demorou um pouco, reorganizando os jogos, na esperança de ouvir alguma coisa que confirmasse suas suspeitas.

O pai voltou a chamá-lo, já impaciente.

A contragosto, Felipe juntou-se aos pais, dirigindo-se à sala de refeições.

Sentaram-se no lugar de sempre. A mesinha colocada junto à janela.

Dr. Francisco abriu o cardápio e exclamou, entusiasmado:

— Ah, finalmente!

— Finalmente o quê, Francisco? — espantou-se dona Helena.

— Você não leu a sugestão de hoje? O famoso coelho, especialidade da casa. Desde que chegamos, estou louco para comer.

— Não sei como você tem coragem! Coelho é um bicho tão lindo... Que maldade!! — Dona Helena se horrorizou.

— Que bobagem, Helena. Coelho é bicho do mesmo modo que boi, peixe, galinha. Não há diferença nenhuma, não é, Felipe? — perguntou, buscando o apoio do filho.

— Sei lá, pai. Eu também não tenho coragem de comer.

— Vocês são mesmo uns bobos! — E virando-se para Frau Ingrid, que se aproximara para anotar os pedidos: — Para mim, o coelho!

— Uma ótima escolha, senhor! Chegarram hoje, eston fresquinhas. E o senhorra e o menina, o que von comer? Coelho também?

— Não, obrigada — respondeu dona Helena, fazendo careta.

Quando Frau Ingrid se afastou, Felipe arremedou a mulher, chateado:

— "O menina"! Será que essa mulher não enxerga?

O pai deu uma risada.

— Eles trocam as bolas o tempo todo, é assim mesmo. Você ainda não tinha reparado?

— Poxa, pai! Mas me chamar de "o menina" é dose!

Dr. Francisco tornou a rir, já se preparando mentalmente para saborear o coelho.

●

Estavam na sobremesa. O coelho havia sido o sucesso da noite. Dr. Francisco fizera questão de chamar a atenção da mulher e do filho para os inúmeros pedidos nas mesas em volta.

Felipe passara o jantar espichando as orelhas, tentando escutar a conversa dos novos hóspedes. Pegara uma frase aqui, outra ali, todas comuns, sem importância.

Naquele momento, um dos homens do grupo levantou-se, erguendo um brinde, em meio à balbúrdia:

— Sem esquecer o objetivo prrincipal de nossa reunion...

Foi quando Felipe ouviu um assovio baixo e alguma coisa passou raspando a sua orelha.

Surpreso, olhou para o jardim e deu com Bárbara meio escondida por uma moita. A menina fazia sinais desesperados, chamando-o.

Felipe olhou em volta para ver se alguém mais havia percebido a presença dela. Aparentemente, não.

Esquecendo o discurso do homem, numa única garfada, acabou com o resto de sua torta.

Deixou os pais esperando o cafezinho e, com o pretexto de levar Biscoito para um passeio, correu para o jardim.

À luz do luar, o rosto de Bárbara estava tão pálido que Felipe se assustou.

A menina foi puxando-o para um canto afastado do jardim, onde se sentaram em um banco.

Biscoito, como que percebendo a aflição dela, pulou para seu colo, lambendo-lhe o rosto.

Felipe afastou o *beagle*, perguntando:

— O que foi, Bárbara? O que aconteceu?

— Eu fui lá na casa abandonada, Felipe. E vi... — Sua voz morreu.

— Viu o quê? Fala, pelo amor de Deus!

Ela fez um esforço para se controlar. Afinal, a história foi saindo, aos arrancos.

— ... e eu ia te contar tudo amanhã, mas não deu pra esperar. Eu tô apavorada... — A voz tornou a sumir.

— A mulher que eu encontrei na Cachoeira dos Ciganos — disse Felipe, agitadíssimo. — É ela! Eu sonhei com isso! — Estremeceu, o corpo sacudido por um arrepio.

O medo de Bárbara transformou-se em excitação.

— Que mulher, Felipe? Você não me contou nada!

— Uma mulher de cabelos desgrenhados, a boca muito pintada, roupa esquisita...

— A cigana Zoraya — interrompeu Bárbara, desanimada. — Não, não era ela.

— Tem certeza? Você disse que não viu a cara da mulher; pode ser ela, Bárbara! — insistiu.

— Não pode ser, não. Ela foi presa esta tarde.

— Presa por quê? Como é que você sabe?

— Meu pai estava contando na hora do jantar. Ele é amigo do delegado Oliveira. O delegado suspeita que foi ela quem roubou a menininha.

— Por quê? — Era a pergunta favorita de Felipe.

— Por causa dessa lenda de que ciganos roubam crianças. Meu pai tava danado, disse que o delegado é um homem inteligente, não devia se deixar levar por esses preconceitos. Além do mais, como ele não tem provas, não poderia prender a cigana.

— Engraçado, minha mãe também falou que o que dizem sobre os ciganos é preconceito... — Felipe estava pensativo.

— Sabe que eles também foram perseguidos pelos nazistas? Morreram milhares de ciganos nos campos de concentração. E até hoje...

Felipe interrompeu a menina.

— Quando foi mesmo que você disse que roubaram a menininha?

— Ontem.

— De manhã ou à tarde?

— Acho que foi à tarde, não tenho certeza. O que que você tá pensando? Tá com uma cara tão esquisita...

— Você não se tocou? Se foi à tarde, não pode ter sido a cigana. Ela estava lá na trilha. Longe pra burro do centro da cidade!

— É mesmo, Felipe! O delegado precisa saber disso. Coitada da Zoraya, deve estar apavorada! Você tem que falar com o dr. Oliveira.

— Procurar o delegado? Meus pais vão ter um ataque! Eu prometi não me meter em nenhuma confusão.

— Quer dizer que você vai deixar a coitada ser acusada injustamente? E a menininha? Enquanto o delegado perde tempo, o que será que tá acontecendo com ela?

— Eu prometi, Bárbara! O delegado vai descobrir tudo sozinho, vai acabar tudo bem.

— Tem certeza? E os neonazistas, e a casa abandonada? Você vai desistir de tudo? Tô começando a achar que aquela história da caverna... sei não... — Bárbara se levantou.

— Tá bom. Amanhã você me leva até a delegacia. — Felipe deu um suspiro.

— Eu venho te buscar logo depois do café, tá legal? Seus pais nem vão ficar sabendo. — Fez uma pausa e abriu aquele sorriso. — Você é demais! — Saiu correndo pela alameda.

O menino ficou atordoado por um momento. Como é que fora se meter naquela roubada? E agora, como é que ia ser?

Biscoito começou a uivar para a lua, indiferente à aflição de Felipe.

Uma chantagem

Felipe acordou bem cedo. No quarto dos pais não havia movimento. Certamente, estavam dormindo. Melhor assim. Resolveu tomar logo seu café; apostava que Bárbara também não ficaria muito tempo na cama, naquela manhã.

Ao se aproximar da sala de refeições, percebeu que as portas de correr ainda não haviam sido abertas. Olhou o relógio de pulso. Sete e meia. Resolveu encostar a orelha na porta, para ver se ouvia algum barulho lá dentro.

Escutou vozes contidas, iradas. Uma delas era de Frau Ingrid. Colou-se à porta, tenso.

— Você non se atrreva a me fazer ameaça! Boto você no olho do rua! — A alemã estava uma fúria.

— A senhora não vai fazer isso. Não ia ser bom pra sua pousada... — dizia a outra mulher, com voz arrastada.

— O que non ser bom prra meu pousada, hein? Diga, sua atrrevida! Você non sabe nada, nada. Quem acrreditar em você? — Riu, maldosa.

— E se eu falar do que a senhora tranca, com tanto cuidado, naquele quartinho? — perguntou a outra, arrastando ainda mais a voz.

Frau Ingrid emudeceu. Não se ouvia mais nada.

Por um segundo, Felipe imaginou uma cena horrorosa: a alemã estava estrangulando a outra mulher, em cima dos bolos e pães.

Enquanto decidia o que fazer, ouviu a voz trêmula de Frau Ingrid:

— De quanto foi que você disse que está prrecisando?

— Dois mil reais. Pra senhora não vai fazer diferença — a mulher, agora, adoçava a voz.

— Depois do café, vá ao meu sala. Você tem razon, dois mil reais não é muito parra emprrestar a um bom emprregada.

Felipe se afastou e foi sentar-se, em posição estratégica, na sala de estar. Queria saber quem estava com Frau Ingrid na sala de refeições.

Dali a alguns minutos, viu as portas de correr se abrirem, empurradas pela tal empregada estranha.

Miraflores não é mais a mesma...

O delegado Oliveira estava cada vez mais desanimado.

A investigação do desaparecimento da menininha não andara um centímetro. Zoraya, acuada, só sabia repetir as mesmas palavras. O delegado não aguentava mais aquela história de que as cartas não mentem, estava escrito, etc.

Para cúmulo do azar, a pacata cidade de Miraflores estava cheia de tipos esquisitos. Uma gangue de rapazes carecas, tatuados, usando botas e casacos de couro, invadira a cidade com suas motos barulhentas, tirando o sossego de Oliveira.

O delegado não gostava de gangues. Sabia, por experiência própria, que eram sinônimo de confusão.

Tivera informações de que os rapazes eram conhecidos do filho do dono do açougue "O boi dourado". Aquele rapaz que voltara há pouco tempo de uma cidade grande, cheio de caraminholas na cabeça. Vestia-se igual à gangue, também rapava o cabelo (tinha até uma águia tatuada no couro cabeludo!), seu informante devia estar certo.

A droga é que o tal rapaz já estava na mira de Oliveira há algum tempo. Ele tinha "cheiro de encrenca", como costumava dizer o delegado. E agora, com a chegada dos outros, a coisa deveria piorar.

Foi arrancado de seus pensamentos por uma batida à porta.

— Entre! — gritou.

Timidamente, Bárbara entrou, puxando Felipe.

Oliveira levantou uma sobrancelha, em sinal de surpresa, e mandou que os meninos se aproximassem.

— Ora, ora, o que esta menina bonita veio fazer aqui? Como vai o seu pai? Não estou conhecendo o seu amigo, é novo na cidade? — O delegado parecia pouco à vontade.

Respirando fundo, a menina falou:

— Meu pai vai bem, dr. Oliveira. Este meu amigo tá hospedado na pousada dos alemães. Ele viu uma coisa que pode interessar ao senhor. — Bárbara empurrou o menino. — Fala, Felipe.

Oliveira olhou com cuidado o menino à sua frente. Magro, aparentando uns doze para treze anos, testa alta, usando óculos para miopia, um olhar direto, franco. "Gosto dele", concluiu, ao terminar o exame.

— E então, meu rapaz?

Gaguejando um pouco no começo, Felipe contou do passeio com os pais à Cachoeira dos Ciganos e o encontro com Zoraya. Terminou sua história com uma pergunta:

— O senhor vai libertar a cigana?

— Calma, rapaz! Sua história é interessante, mas eu preciso de alguns detalhes. Vamos lá: primeiro, quero que me descreva de novo o conteúdo do baú que seu cachorro derrubou; segundo, gostaria que você fosse mais preciso no horário em que viu a mulher na trilha; terceiro, quero que veja a cigana e confirme se ela é mesmo a pessoa que você encontrou.

Felipe respondeu às perguntas, entusiasmado por estar ajudando o delegado e, mais ainda, porque Bárbara o olhava com o seu mais lindo sorriso.

Quando foi levado à cigana, por um detetive, voltou a ter a sensação de culpa. Mas a mulher nem mesmo levantou os olhos, parecia estar em transe, ou perdida num pesadelo sem fim.

Ao voltarem à sala, Bárbara levantou-se, aflita.

— É ela, Felipe?

— É. É ela — confirmou o menino.

— Então ela está livre, não é, dr. Oliveira? — perguntou Bárbara.

— Ainda não, minha filha. Um pouco mais de paciência. Mandei um dos meus homens checar as informações dadas por Felipe. Enquanto esperamos, vamos conversar. — Virou-se para o menino. — Bárbara estava me dizendo que você já teve a oportunidade de ajudar a polícia do Rio de Janeiro, no caso de uma caverna. Me conta isso direito, Felipe. Qual foi o delegado que teve a sorte de estar nesse caso?

— Delegado Fonseca, da Barra da Tijuca — disse Felipe —, mas eu é que tive sorte! Se não fosse ele...

— Fonseca? Eu não acredito! Mas é um velho amigo meu. Fizemos juntos a faculdade de Direito.

— Que coincidência! — Bárbara bateu palmas, encantada.

O delegado conversou mais um pouco com os meninos e, depois, pediu licença. Precisava tomar uma providência. Voltaria logo.

Dirigiu-se a outra sala, consultou rapidamente uma lista de telefones e fez uma ligação para o Rio de Janeiro.

Após alguns minutos, ouviu a voz forte de Fonseca:

— Oliveira, há quanto tempo! O que é que você manda?

— Estou aqui com um caso complicado nas mãos, Fonseca. O desaparecimento de uma criança. Há pouco, me surgiu um menino na delegacia, para testemunhar a favor da mulher detida como suspeita. Chama-se Felipe e disse que te conhece. Tá lembrando dele?

— Felipe? Claro, claro. O que que ele está fazendo aí? — A batata da perna de Fonseca começou a tremer.

— Parece que está de férias com os pais, hospedado numa pousada da cidade. Posso confiar no garoto?

— Pode, sim, mas fica de olho nele. O menino gosta de dar uma de detetive e acaba se metendo em confusão grossa.

— Eu conheço o gênero, deixa comigo. Já basta o que eu tenho por aqui.

— Me liga depois dando notícias. O caso me interessou. Amanhã é minha folga, mas, se você precisar de alguma coisa, basta falar com a minha secretária. Dona Rosa sempre sabe onde me encontrar. — Fonseca levantou-se para receber um amigo que acabava de entrar em sua sala.

— Tá certo. Eu fico em contato — despediu-se Oliveira.

Ao voltar para a sala, onde deixara os meninos, o delegado de Miraflores pegou um trecho de conversa no ar.

— ... ela sabe que eles são neonazistas, e tá chantageando a Frau Ingrid. Tá na cara que aqueles gringos, que se hospedaram ontem na pousada, são neonazistas também. Vieram pra uma reunião — dizia Felipe.

Oliveira sacudiu a cabeça, preocupado. Fonseca tinha razão, a imaginação daquele garoto era fogo! Se não abrisse o olho, a pacata Miraflores se tornaria um inferno!

Dr. Francisco descobre um segredo

— Não sei onde se meteu Felipe. O bilhete que ele deixou dizia que já tomara café e ia passear de bicicleta. Já é quase meio-dia e ele não aparece.

— Deve estar namorando, Helena — disse dr. Francisco, dando uma risadinha.

— Namorando?! De onde você tirou essa ideia?

— Você não viu que ele estava conversando com uma menina, ontem à noite, no jardim?

— Não, não vi — falou dona Helena, surpresa. — Que menina é essa? Está hospedada na pousada?

— Acho que não. Deve morar aqui perto. Vi os dois se encontrando na entrada da pousada, da janela do nosso quarto, hoje cedo.

— Que coisa mais incrível! E ele não me disse nada...

— Nem você vai dizer nada. É segredo. Os filhos crescem, Helena. — Deu um beijo na mulher que olhava o vazio com um ar desconsolado.

Fonseca faz uma viagem

O amigo do delegado Fonseca acabara de sair. Levara com ele uma cópia do anúncio. Assim, quando se encontrassem no dia seguinte, já teria alguma coisa para dizer. Não ia ser fácil, avisara. Aquilo parecia ser um tipo de mensagem em código criado por amadores.

— Gente que gosta de ver filmes sobre a Segunda Guerra Mundial. Lembra-me vagamente um código usado, certa vez, pelos nazistas — dissera ao se despedir.

Fonseca girava em sua cadeira, pensando no telefonema que recebera mais cedo. O que estaria Felipe aprontando em Miraflores? Podia apostar que os pais do menino, mais uma vez, estavam por fora de tudo.

O interfone tocou.

— Dr. Oliveira na linha — disse, com voz fanhosa, a secretária.

— A senhora precisa cuidar dessa gripe, dona Rosa. Pode passar para o dr. Oliveira.

Ouviu um espirro monumental e o clique da ligação sendo completada.

— Fonseca, as coisas estão se complicando — começou, em voz tensa, Oliveira.

O delegado Fonseca parou de girar a cadeira e prestou atenção.

Quando desligou o telefone, sentiu a batata da perna estremecer levemente.

Com um mau pressentimento, começou a rememorar as novidades que ouvira do delegado de Miraflores.

Felipe dissera a Oliveira que vira um par de sapatos de criança e uma chupeta, no baú da cigana que estava detida. Oliveira mandara um de seus homens em busca dos objetos para que a mãe da menininha desaparecida pudesse identificá-los. O homem voltara com péssimas notícias. Encontrara a tenda da cigana destruída pelo fogo e suásticas pintadas nas árvores da clareira. O cheiro forte de gasolina que ainda dominava o local não deixava dúvidas sobre a origem criminosa do incêndio.

Oliveira ouvira um trecho de conversa dos meninos, no qual Felipe falava em chantagem e neonazistas. Seria apenas imaginação fértil, ou o menino, realmente, estaria a par de alguma coisa?

À medida que lembrava da conversa, Fonseca sentiu o estremecimento do músculo da perna se transformar em fortes espasmos. A encrenca devia ser grossa. Apertando o botão do interfone, chamou dona Rosa à sua sala.

Faria uma breve viagem, explicou, aproveitando o dia de sua folga. Pediu à secretária que telefonasse para o seu amigo desmarcando o encontro do dia seguinte, e, deixando uma série de providências encaminhadas, terminou dizendo que, se ela precisasse entrar em contato com ele, o procurasse na delegacia de Miraflores.

Noite de luar

A mulher cantarolava baixinho, enquanto guardava, em uma sacola de lona, dois pacotes de velas, uma faca, um saco plástico grosso e preto, algumas pedras e um vestidinho vermelho de chita.

Escondeu a sacola embaixo da cama e foi até a janela olhar a noite. Uma lua enorme, dourada, estava nascendo. Na noite seguinte seria lua cheia. A noite do sacrifício.

Cobriu a menininha loura que dormia um sono profundo, e, dirigindo-se à porta do armário, beijou as fotografias de seu amado.

•

Dr. Fonseca já estava dirigindo há algum tempo. A estrada, quase deserta, permitia que desenvolvesse uma boa velocidade. Chegaria a Miraflores antes da hora prevista. Teria tempo de dormir umas horas, antes de visitar Frau Ingrid em companhia do delegado Oliveira.

A lua vinha surgindo, clareando a estrada. Pela primeira vez em sua vida, não viu beleza na lua. Sem que soubesse por quê, lembrou-se de uma antiga babá que dizia que coisas más aconteciam em noites de lua cheia. A lembrança veio reforçar a sensação de que fizera bem em aceitar o convite do delegado de Miraflores. Ligou o rádio do carro e tentou relaxar.

●

Felipe conversava com Bárbara na rua, em frente à pousada.

O pai tinha dado um sorriso, e a mãe fizera uma cara esquisita, quando ele dissera que não estava com sono, ia dar uma volta com Biscoito.

— Isso mesmo, meu filho, aproveita esse luar maravilhoso. — Dr. Francisco olhara para ele com um sorriso cúmplice.

Felipe podia jurar que ouvira dona Helena rosnar.

Sem entender nada, colocara a guia no cachorro e fora se encontrar com Bárbara. Tinham muita coisa para conversar.

— E você que não queria ir falar com o dr. Oliveira, hein, Felipe? Viu só que coisa horrorosa eles fizeram com a tenda da Zoraya? E na certa isso é só o começo... — Bárbara estremeceu.

— Começo e fim. Amanhã o dr. Oliveira desmascara eles. Só espero que dê tudo certo, e os meus pais não fiquem mesmo sabendo que eu me meti nessa história.

— Eu dava toda a minha coleção de revistas pra estar lá, na hora em que o delegado abrir o quartinho. — A menina suspirou.

— Eu quero é estar bem longe! Se meus pais desconfiarem de alguma coisa... não quero nem pensar.

A gangue de motoqueiros carecas passou em alta velocidade, fazendo os dois meninos darem um salto.

— Olha lá o cara do furgão preto — disse Felipe.

— O que será que ele tá fazendo com esses sujeitos? Aonde será que eles vão?

Biscoito começou a uivar. Os dois meninos riram para disfarçar o susto.

Uma visita inesperada

— É preciso ir com cuidado, Fonseca. O casal é muito respeitado na cidade.

— Tudo bem, Oliveira. Eu serei seu assistente, um mero observador.

Os dois delegados saltaram do carro estacionado na rua, pouco adiante da pousada.

Subiram a alameda e foram direto à recepção.

O dono da pousada estava prestando algumas informações a um hóspede. Franziu a testa ao ver Oliveira. Nitidamente aborrecido, pediu licença ao hóspede e dirigiu-se ao delegado.

— Que surprresa, dr. Oliveirra. Veio tomar café com seu amiga? — Sorriu amarelo.

— Não, não. O café fica para outra vez. Gostaria de dar uma palavrinha com Frau Ingrid, se não for incomodar. — O tom profissional do delegado desmentia a delicadeza do pedido.

O alemão abriu a boca e tornou a fechar, olhando de relance o hóspede que os observava, curioso.

— Ela estar supervisionando o café da manhã — falou, afinal, relutante.

— Eu espero. Diga a ela que, quando puder, me procure no estacionamento — disse Oliveira em voz suave, afastando-se com Fonseca.

●

Fonseca examinava o quartinho de guardados. Realmente ele destoava da pousada. Mas, daí a provocar curiosidade, havia uma grande distância. Frau Ingrid dera muito azar em ter Felipe e Bárbara por perto.

Oliveira tocou seu braço, apontando com o queixo uma mulher loura que se aproximava, acompanhada pelo dono da pousada.

A alemã estava pálida, os lábios apertados numa linha fina davam ao seu rosto um ar duro, mau.

Depois de uma troca de cumprimentos e feitas as apresentações, Oliveira perguntou, delicadamente:

— A senhora poderia abrir esse quartinho, Frau Ingrid? Eu gostaria muito de ver o que está guardado aí.

— Isto ser um absurdo! O senhor ter um ordem de busca? — perguntou, aos gritos, o dono da pousada.

— Não, sr. Franz, eu não tenho um mandado de busca. Achei que poderia contar com a boa vontade de sua mulher. Mas, se não é possível, voltarei com o mandado. Tive uma informação que preciso...

Oliveira foi interrompido por Frau Ingrid.

— Aquele desgrraçada! Vou matar aquele desgrraçada! Eu sabia!! O senhor non vai abrrir nada! Nada, está ouvindo? Nada!! — A alemã avançou para o delegado Oliveira, com o rosto vermelho, espumando de raiva.

— Contrrole-se, Ingrid! — O marido segurou-a com violência pelo braço, muito pálido. — Non piorre as coisas. Me dê o chave do cadeado.

Com um olhar de ódio, a mulher puxou para fora da blusa o cordão que trazia ao pescoço. Tirou dali uma pequena chave, entregando-a ao marido.

Ele abriu o cadeado, com mãos trêmulas, escancarando a porta do quartinho.

Oliveira e Fonseca entraram e se entreolharam, abismados.

— Com mil demônios, o que significa isto?! — exclamou Oliveira.

Últimos preparativos

Com certa dificuldade, a mulher terminou de vestir a menina. O vestidinho vermelho havia ficado meio apertado, em seu corpinho mole de sono.

Colocou na cama, junto à criança, o boné furtado. Serviria para esconder o rosto da menina quando a levasse para a casa abandonada.

Tornou a verificar o conteúdo da sacola de lona. Estava tudo certo.

Agora, era esperar pela noite, quando poderia sair em segurança.

Um arrepio de excitação percorreu-lhe o corpo, ao pensar que em breve o sacrifício seria consumado.

Especialidade
da casa

Pela quarta vez, dr. Francisco correu para vomitar.

Desde que tivera conhecimento do conteúdo do quartinho de guardados, começara aquela agonia.

Voltou para o quarto e deitou-se gemendo.

Solícita, dona Helena enxugou o suor gelado que molhava o rosto do marido.

— Você é médico, meu bem. Sabe que tudo isso está sendo provocado pelos seus nervos. Desse jeito você vai terminar com uma desidratação...

— Você tem razão. Eu tenho que me controlar — respondeu dr. Francisco, respirando fundo.

Um gato miou na casa vizinha. O pai de Felipe levantou-se da cama num salto, correndo para o banheiro, a mão tapando a boca. Dona Helena sacudiu a cabeça, desanimada.

— Que história mais doida, Fonseca! Quando é que eu podia imaginar que aqueles alemães fossem picaretas?!

— Vender gato por lebre... Eles não são os primeiros nem serão os últimos. Isso é ditado antigo. O entregador de gatos já foi localizado?

— Já. O Da Silva está trazendo ele pra cá. Se o nosso palpite estiver certo, vou ter que pedir reforços. Essas gangues não são de brincadeira. — Oliveira franziu a testa.

— Onde será que os meninos se meteram? Não vi nem sombra do Felipe.

— Eu prometi que tentaria deixá-lo de fora dessa história. Os pais dele não sabem de nada e...

— Como sempre — interrompeu Fonseca. — Bom, tomara que não seja mesmo preciso envolvê-lo. Tenho medo que Felipe já esteja começando a gostar de confusão.

— Não acredito. Parece que foi Bárbara quem o convenceu a me contar tudo. Ele queria pular fora.

— Pode ser. Mas, até estar tudo esclarecido, é melhor não perdê-lo de vista.

●

— E o seu pai, melhorou, Felipe?

— Que nada! Não para de vomitar.

— Também, não é pra menos! Comer gato... eca! — Bárbara fez uma careta de nojo.

— E não foi só ele que comeu. Eu vi um monte de gente pedir a "especialidade da casa". Comeram e ainda elogiaram. Meu pai mesmo disse que tava uma delícia.

— Para, Felipe! Tô ficando enjoada.

— Eu queria saber como aquele retrato foi parar no quartinho. Se o que havia lá era gato congelado, onde será que estavam as provas de que a Frau Ingrid e o marido são neonazistas?

— Vamos dar um pulo na delegacia. Saber do dr. Oliveira — disse a menina, animada.

— Seria uma boa. Mas não dá. Eu tenho que ficar longe dessa história — lembrou Felipe.

— Será que já encontraram a menininha? E a Zoraya, será que o delegado soltou a coitada?

— Ele me disse que ia fazer isso. A mãe da menina confirmou o horário do desaparecimento. Não pode ter sido a cigana, ela não poderia estar em dois lugares ao mesmo tempo.

— Pra onde será que ela foi? Queimaram a tenda, ela não tem mais casa.

— Sei lá, Bárbara. Deve estar por aí.

— O que será que vai acontecer com os donos da pousada?

— Com eles eu não sei. Mas minha mãe disse que o restaurante foi fechado.

— Bem feito! Aquela peste se deu mal!

— Vamos até a lanchonete? Eu não almocei, tô só com o café da manhã.

— Você deve estar varado de fome, já são quase quatro horas — disse Bárbara. — Pera aí que eu vou pegar minha bicicleta.

Odie

O palpite estava certo. O retrato de Hitler pertencia ao filho do dono do açougue "O boi dourado", o entregador de gatos.

O rapaz estava sentado na frente do delegado de Miraflores, a cabeça abaixada.

Fonseca olhava, enojado, a águia tatuada no couro cabeludo do rapaz.

— E então, rapaz, conta essa história direito — disse Oliveira, impaciente.

— Já contei tudo que tinha pra contar. A alemã fazia os pedidos ao meu pai e eu entregava. Esses gringos comem uns troços esquisitos, gosto não se discute. Se ela enganava os fregueses, dizendo que aquilo era coelho, é problema dela. Não tenho nada com isso.

— Não se faça de besta, que eu não estou pra brincadeira! O assunto agora é outro. Você botou fogo na tenda da cigana sozinho, ou teve ajuda daquela gangue? — Oliveira havia resolvido espremer o rapaz contra a parede. — Garanto que foi você quem roubou a menininha do açougueiro. O seu pai deve estar envolvido nisso também. Pediu pro filhinho neonazista dar sumiço na criança, não foi? Qual é a dele? Vingança porque o concorrente tem maior clientela? – pressionou.

O rapaz havia escutado aquilo tudo de cabeça baixa, mudo. Quando o delegado parou de falar, levantou a cabeça, dizendo de forma provocadora:

– As provas, delegado. Onde estão as provas? A única coisa que você tem é uma fotografia velha. É crime ter uma fotografia de Hitler? Eu admiro o cara, e daí? Paguei uma nota preta pela fotografia.

Ouviu-se um vozerio do lado de fora da sala.

Oliveira foi até a porta e, ao abri-la, deu de cara com o pai do rapaz.

– O que está acontecendo? – gritou o homem. – Odie, você está bem?

Ao ouvir aquele nome, o delegado Fonseca saltou na cadeira. A batata da perna começou a tremer, enlouquecida.

Dona Rosa

Dona Rosa estava de cama. A gripe havia piorado, passara a noite ardendo em febre.

Com esforço, dirigiu-se ao telefone para tentar, mais uma vez, falar com o amigo do delegado Fonseca. Nada. Seu telefone continuava mudo.

Secretária dedicada, dona Rosa sentia-se péssima por falhar numa tarefa tão simples como aquela. Resolveu, apesar do mal-estar, ir bater na casa da vizinha, que àquela hora já devia ter chegado do trabalho. Pediria para usar seu telefone e, depois, missão cumprida, voltaria para a cama.

A casa abandonada

Zoraya perambulava pela rua tranquila. Não sabia para onde ir.

O delegado dissera que sua tenda havia sido queimada, não sobrara nada. Sugerira que ela ficasse na delegacia, até conseguir um lugar para ficar. Mas ela não quisera. Não aguentaria os olhares maldosos, a suspeita. Enquanto a menininha estivesse desaparecida, não teria paz.

Um ronco de motores fez com que a cigana se virasse, assustada.

O grupo de motoqueiros se aproximou, provocando pânico em Zoraya. Pressentia o perigo naqueles rapazes carecas, que a olhavam como se ela fosse um animal. Desesperada, correu para dentro do jardim da casa abandonada.

As motos pararam em frente à casa.

Escondida, a cigana escutou, tremendo, as risadas deles e a ameaça:

— Nós voltaremos, maldita! Você não perde por esperar. Esta noite vamos dançar em volta do fogo...

As motos voltaram a roncar, se afastando.

Zoraya começou a chorar, caída atrás de uma árvore, murmurando:

— As cartas não mentem... estava escrito... — o olhar de novo perdido, ausente.

Podando as roseiras, no jardim da casa em frente, dona Marocas, furiosa, tomou uma decisão.

— Isso não pode continuar! Esses jovens são uns vândalos! Vou conversar com o dr. Oliveira. — Entrou, largou o podão em cima da mesa e pegou a bolsa. Saiu, decidida, rumo à delegacia.

●

— E se nós fôssemos até a casa abandonada? — perguntou Bárbara.

Felipe olhou para ela, espantado, quase engasgando com o sanduíche.

— Fazer o quê?

— Sei lá, Felipe. Tentar descobrir quem é aquela mulher. Fazer alguma coisa, já que a gente não pode ir até a delegacia.

— Mas você não ficou apavorada com o que viu lá?

— Fiquei — disse a menina, estremecendo. — Mas naquele dia eu tava sozinha. Hoje você vai comigo, é diferente.

Felipe cresceu na cadeira. Nunca havia encontrado uma menina igual a Bárbara. Com ela, iria até o inferno!

— Então tá legal. Vou acabar meu sanduíche e vamos.

— Não, ainda é cedo. Vamos depois que escurecer. Coisas sobrenaturais só acontecem à noite. — Deu uma risadinha trêmula.

Informações preciosas

O delegado Oliveira andava pela sala, como uma fera enjaulada.

— Aquele cretino! Provas, delegado... onde estão as provas? — arremedou. — E saiu rindo, você viu? — perguntou, indignado, a Fonseca.

— Calma, Oliveira — disse Fonseca, massageando a perna que tremia. — Você pega os culpados. É só questão de tempo.

— E a menininha? Será que dá pra esperar? Estou na estaca zero de novo. — Suspirou, desanimado.

O telefone tocou. Oliveira atendeu e passou para Fonseca:

— Sua secretária.

Fonseca pegou o fone.

— Alô, dona Rosa? Eu mal escuto a sua voz. Ah, piorou da gripe. Eu lhe disse para se cuidar. O quê? Ele disse o quê?? — gritou, excitado.

Ficou escutando, atento. Depois, rabiscou alguma coisa num papel e, despedindo-se, desligou.

Oliveira perguntou, intrigado:

— Alguma notícia importante?

— Uma informação preciosa, Oliveira! Preciosa!! Senta aí, precisamos conversar.

A velhota balançava a perna, impaciente. Estava esperando há vinte minutos para ser atendida. Levantou-se.

— Vou-me embora! Isto é uma indelicadeza! O dr. Oliveira tornou-se uma pessoa muito importante... — disse com ar de despeito.

— Calma, minha senhora. Ele já vai atendê-la. Está numa reunião — Da Silva tentou abrandá-la.

— "Reunião" — resmungou a velha. — Vou-me embora!

A porta da sala de Oliveira abriu-se, nesse exato momento.

— Dona Marocas! Como vai a senhora? A que devo a honra? Nenhum problema, espero. — O delegado aproximou-se de mão estendida.

— O senhor acha que eu viria até aqui se não houvesse um problema? E que ficaria plantada meia hora, esperando a sua "reunião" acabar, só para lhe fazer uma visita? Qual!

— Então, vamos entrando, dona Marocas — disse Oliveira, sem graça.

A velhota empinou o corpo e entrou.

Da Silva disfarçou um risinho.

— ...e é isso, delegado. Essa juventude está perdida! Esses rapazes são uns arruaceiros, perturbam o sossego da cidade. Além do mais, coisas estranhas têm se passado naquela casa condenada. Nos últimos dias, tenho visto luzes na casa, sombras passando em frente às janelas do andar de baixo... Quando ouvi o que eles gritaram para a cigana, tive certeza! Devem estar fazendo orgias na casa! O senhor precisa tomar uma providência. Vá esta noite até lá e termine com aquilo, de uma vez por todas! — Dona Marocas levantou-se, despedindo-se solenemente.

Oliveira acompanhou-a até a porta e voltou para a sua mesa, dizendo:

— Meu Deus, eu não acredito! As informações estão caindo no meu colo, Fonseca. Esta noite, a festa daqueles cretinos vai ter convidados inesperados. Você fica, não é?

— Nem que tenha que passar outra noite em claro, dirigindo de volta pro Rio!

Magia negra

— O papai tá melhor? — perguntou Felipe, da porta de comunicação entre os quartos.

— Mais ou menos. Acabou de pegar no sono — respondeu dona Helena.

— Eu trouxe uns sanduíches e uma Coca pra você.

— Fala baixo, senão ele acorda e recomeça a vomitar. Seu estômago está muito sensível.

— Vem comer no meu quarto, mãe. Eu fico cuidando dele.

Dona Helena pegou o saco da lanchonete e, pé ante pé, foi para o quarto de Felipe.

Dali a pouco voltou.

— Mãe, eu vou dar umas voltas com o Biscoito, tá legal?

A mãe deu um suspiro.

— Tá bom, Felipe. Não volta muito tarde. — Abriu a boca como quem vai dizer mais alguma coisa. Desistiu.

Felipe fechou a porta devagar.

●

A mulher havia entrado na casa, silenciosamente, sem perceber a presença de Zoraya no jardim. A cigana, perdida em seus pensamentos, também não notara a sua chegada.

Deitada no chão da sala, no centro de um círculo de velas, a menininha se remexia num sono leve.

A mulher se apressou. Começou a acender as velas, cantando.

Quando acendeu a última vela, curvou-se diante da parede. Os olhos da máscara brilhavam, refletindo a luz amarelada. Os dentes podres davam ao sorriso um ar diabólico. O vento começou a soprar dentro da casa.

•

Felipe prendeu Biscoito numa árvore perto do portão. Foi andando pelo jardim, seguindo Bárbara.

— Tá ouvindo? — perguntou a menina, parando de repente.

— Tô. O que é isso? — Felipe sentiu um arrepio percorrer seu corpo.

— Não sei. No outro dia, eu também ouvi esse barulho. Parece vento, não é? Mas não tá ventando.

— Vento e canto. Que coisa mais esquisita! Você tem certeza que quer ir até a casa?

Em vez de responder, Bárbara soltou um grito abafado:

— Olha a luz nas janelas!

Felipe apalpou o canivete no bolso, com a mão trêmula.

— Vamos entrar na casa — disse Bárbara. — Você trouxe a sua lanterna?

— Trouxe — respondeu o menino, esforçando-se para parecer calmo.

— Então, vamos.

Felipe seguiu Bárbara rezando. Como é que fora se meter naquela confusão? A menina era doida! Entrar naquela casa sem saber o que estava lá dentro... Desde quando canivete e lanterna eram armas contra o sobrenatural?

•

A lua cheia despontara no céu, clareando a noite.

Zoraya viu os vultos entrarem no jardim e se encolheu ainda mais, atrás da árvore.

Quando passaram ao seu lado, reconheceu Bárbara e Felipe. Pensando em pedir ajuda, seguiu-os a distância. Ao vê-los entrar na casa, aproximou-se.

Os sons e a luz amarelada atraíram-na para a janela. Seu grito estrangulado foi abafado pelos uivos de Biscoito.

●

Felipe e Bárbara estavam parados na porta da sala, enregelados de pavor.

A mulher, que dançava em volta do círculo de velas, parecia não vê-los.

Bárbara apertou o braço de Felipe, sussurrando:

— Acho que aquela é a filhinha do açougueiro. O que será que essa louca tá fazendo? De onde vem esse vento??

— Não sei. Tá parecendo coisa de magia negra. Vamos cair fora e pedir ajuda. — Deu um passo para trás, puxando a menina.

Bárbara, que não esperava o puxão, se desequilibrou, caindo.

A mulher parou a dança. Virou para eles uns olhos brilhantes como os da máscara. Soltando um grito medonho, pegou a faca que estava no meio do círculo.

A menininha começou a chorar.

Conversa
na delegacia

O delegado Fonseca observava Felipe, sentado muito sério, segurando a guia de Biscoito. "Esse menino me preocupa."

Dona Marocas dava água com açúcar a Bárbara e a Zoraya.

Dr. Oliveira entrou na sala. Os pais da menininha acabavam de levá-la para casa. A menina havia sido examinada por um médico, parecia estar bem.

— E a mulher, Oliveira? Conseguiu que ela falasse? — perguntou Fonseca.

— Consegui. É uma história triste. Essa mulher é apaixonada por um cantor famoso que tem uma casa de verão em Miraflores. Há alguns meses, viu na televisão uma reportagem sobre magia negra. Quase na mesma época, encontrou aquela máscara no rio. A ideia foi vindo aos poucos. A cigana lera sua sorte, certa vez, e dissera que ela se casaria com um homem muito bonito. Resolveu ajudar o destino. Começou a ler livros de magia negra e a fazer cerimônias na casa abandonada. Quando achou que era chegado o momento, roubou a criança. Ia sacrificá-la à máscara, em troca de juventude e beleza. Para completar seu plano, chantageou Frau Ingrid. Disse-me, rindo, que precisava de dinheiro para roupas novas, bonitas. Uma pessoa completamente desequilibrada, um caso de hospício, não de prisão.

— Bem que minha mãe achava que ela era estranha. Dizia que sentia arrepios toda vez que a via na pousada. — lembrou Felipe, estremecendo. — E pra que eram aquele saco plástico e as pedras?

— Para dar fim ao corpo da menina. Ela ia jogar o corpo no rio. Vocês correram sério perigo, Felipe, ao entrar naquela casa. Se não fosse dona Marocas... — disse o delegado Oliveira.

— Na verdade, eu não confiei muito no senhor, dr. Oliveira, e devo pedir desculpas. Por isso, fiquei vigiando a casa — explicou dona Marocas.

— Graças a Deus! — disse o delegado. — Se a senhora não tivesse vindo ao nosso encontro dizer o que tinha visto, talvez nós nem entrássemos na casa. Não havia sinal da gangue de motoqueiros.

— O senhor pode nos contar onde encontrou as provas de que Frau Ingrid e o marido são neonazistas? Foram eles que queimaram a tenda da Zoraya? — perguntou Bárbara, desviando o assunto. Não queria mais lembrar de todo o pavor que sentira.

— Eles não são os neonazistas, Bárbara. Foram detidos para prestar esclarecimentos sobre a foto de Hitler encontrada por Felipe no quartinho de guardados.

— Que história é essa, dr. Oliveira? Neonazistas em Miraflores? Esse mundo está perdido! — Dona Marocas balançou a cabeça, horrorizada.

— É melhor que o delegado Fonseca conte essa parte — disse Oliveira.

— Foi uma estranha coincidência — começou Fonseca. — Tudo aconteceu porque eu tenho uma mania antiga: ler os classificados. Na última semana...

O grupo se juntou em volta dele para ouvir a história.

— ...então minha secretária ligou, dizendo que o meu amigo lera no jornal que o chefe de uma gangue de carecas, conhecido como Odie, estava sendo procurado pela polícia de São Paulo, por atentados neonazistas contra negros e nordestinos. Como o anúncio fizera com que ele se lembrasse de um código usado pelos nazistas, na Segunda Guerra, achou que poderia ser uma convocação para algum tipo de reunião, feita pelo tal Odie.

— E Odie é o apelido do entregador de gatos, aquele rapaz que tem uma tatuagem na careca, filho do dono do açougue "O boi dourado".

Nós já sabíamos que a fotografia encontrada por Felipe, no quartinho, fora perdida por ele, ao fazer a última entrega na pousada — completou Oliveira.

— E aqueles gringos que se hospedaram na pousada? — perguntou Felipe.

— São executivos de uma empresa suíça e suas mulheres. Vieram para uma reunião anual de confraternização.

— O tal Odie já está preso, eu espero. — Dona Marocas estremeceu.

— Coloquei dois homens para segui-lo, quando ele saiu daqui. A senhora compreende, eu não tinha provas, tive que deixá-lo ir. Mas, com a informação do Fonseca, ficou tudo mais fácil. Eu entrei em contato com São Paulo e a descrição do filho do açougueiro correspondia à do rapaz procurado. Não é nada comum ter uma águia tatuada na cabeça, a senhora não concorda? Ele já está detido e espero botar as mãos em toda a gangue o mais breve possível.

— Por via das dúvidas, vou levar Zoraya para minha casa. Não acho bom que ela durma por aí — disse Dona Marocas, levantando-se.

— É melhor que vocês, meninos, também voltem para casa. Seus pais devem estar preocupados. Já é tarde.

— O senhor não vai contar ao meu pai que eu me meti nessa história, não é, dr. Oliveira? — Bárbara deu um sorriso para o delegado.

— Não sei, Bárbara. Vou pensar.

Felipe e Bárbara se despediram, meio cabreiros, e iam saindo, quando Fonseca segurou o menino pelo braço.

— Eu estou voltando para o Rio, dou uma carona para os dois. Quero dar uma palavrinha com você, Felipe.

No carro, o delegado falou sério com Felipe.

Ele havia feito uma promessa que mais uma vez não cumprira. Mais uma vez os pais não sabiam do perigo que ele correra. Aquela mania de brincar de detetive estava se tornando um hábito perigoso. Não contaria nada a dona Helena porque dr. Francisco estava doente, mas queria a palavra dos meninos de que ficariam longe de confusões.

Felipe deu sua palavra.

Bárbara jurou que não se meteria com o amigo em novas aventuras.

"Pelo menos, não em aventuras perigosas...", pensou, ao saltar do carro.

Um arrepio diferente

Dona Helena tirava as roupas dos armários.

— Nós vamos mesmo mudar pra outra pousada, mãe? — Felipe perguntou, chateado.

— Vamos, Felipe. Seu pai não quer ficar aqui nem mais um minuto. Aliás, não somos só nós que vamos embora. A debandada é geral. Depois de tudo que aconteceu, esta pousada nunca mais será a mesma. Se Frau Ingrid e o marido tiverem juízo, sairão da cidade. Estão desmoralizados.

— Bem feito pra eles! — Dr. Francisco estava indignado. — Estragaram minhas férias. Tomara que a multa seja enorme!

— Eles envergonham a colônia alemã... — começou a dizer dona Helena.

Felipe olhou para o relógio, impaciente. Não estava interessado naquele papo. O que importava se os donos da pousada eram alemães, brasileiros ou chineses? Todo povo tem gente que presta e gente que não presta. O que que a colônia alemã tinha a ver com o lance dos gatos?

Felipe interrompeu a mãe:

— Posso dar uma volta, enquanto você arruma as coisas? Eu tenho qu-que avisar... uma... um amigo.

— Pode, Felipe. Mas fica tranquilo. A outra pousada é bem perto daqui — disse dona Helena, sentindo-se a mãe mais compreensiva do mundo.

Os dois meninos estavam sentados no muro da pousada. Felipe já ia fechando a agenda que tinha nas mãos, quando Bárbara se debruçou sobre o seu ombro, dizendo:

— Deixa eu ver se você tomou nota do meu endereço direito. Essa tua agenda é uma bagunça!

O longo cabelo ruivo roçou o pescoço do menino, que se arrepiou. Arrepio diferente. Quente, gostoso. Gostoso como o perfume do cabelo dela.

— Tá. É isso mesmo. Só quero ver se você vai cumprir a promessa. — A menina endireitou o corpo.

Felipe não respondeu.

A menina insistiu:

— Você vai me escrever, não vai?

Como saindo de um sonho, Felipe murmurou:

— Vou te escrever, telefonar... — Parou, de repente, o rosto avermelhando diante do sorriso dela.

Sem saber bem por que, Bárbara ficou vermelha também. Para disfarçar, pulou do muro, chamando:

— Vamos andar de bicicleta? Ainda tem um monte de lugares que eu quero te mostrar. Quantos dias mesmo você disse que ainda vai ficar?

— Três. Parece que a Pousada das Rosas já estava cheia, e, agora, com todo mundo se mudando pra lá, aquilo ficou lotado. Meu pai tá uma fera! Ele pretendia ficar duas semanas em Miraflores.

— Poxa, duas semanas... Ia ser demais! — A menina suspirou.

— Você não dá um jeito de ir pro Rio? Visitar uma tia, uma prima, sei lá! — Felipe perguntou, ansioso.

— É, de repente, eu podia passar uns dias com a tia Miriam...

— Nós podemos ir ao *shopping*, à praia, eu posso te levar até a caverna... — Os olhos de Felipe brilhavam.

— Eu vou falar com a minha mãe. Quem sabe ela deixa. Você jura que me leva mesmo até a caverna?

— Claro, Bárbara!

— Então, tá. Eu vou ver e depois te digo. — A menina montou na bicicleta. — Torce pra dar certo!

Felipe cruzou os dedos das duas mãos, sussurrando:

— Vai dar certo! Tem que dar certo!!

O destino na palma da mão

Zoraya ajudava dona Marocas no jardim.

— A senhora poderia plantar algumas ervas que eu conheço no seu jardim. Aprendi com meu povo a preparar remédios com elas, poderia lhe ensinar. A senhora tem um tacho de cobre?

— Acho que sim, vou procurar. Por quê, Zoraya, você não foi embora com o seu povo? Ainda me lembro da última vez em que vi ciganos em Miraflores. Já faz muito tempo, não é?

— Faz muito tempo, sim. Eu fui abandonada, dona Marocas. Por minha causa, meu pai faltou com a palavra dada. Para os ciganos isto é uma falta grave. Eu estava prometida em casamento ao filho de um amigo dele, mas me apaixonei por um rapaz que conheci, aqui em Miraflores.

— O rapaz não era cigano?

— Não, não era. Eu desobedeci ao meu pai e ele não me perdoou. Fui banida do grupo. Fiquei em Miraflores, onde nasceu minha filhinha.

— E onde está ela, Zoraya? — perguntou a velhota, olhando com pena aquela mulher ainda jovem e tão maltratada.

— Morreu pequena. Tudo que me restou dela foram seus sapatinhos e sua chupeta. E agora queimaram minha tenda... Eu nunca faria mal a uma criança, dona Marocas. Não sei como o delegado pôde pensar isso de mim. — A cigana começou a chorar.

— Não fica assim, minha filha. — Dona Marocas colocou a mão em seu ombro.

— A senhora não entende. Todos me acham estranha, fogem de mim. Tenho vivido tão sozinha... É difícil para um cigano viver só.

— Você pode ficar morando comigo, se quiser. Eu não tenho ninguém, só o meu cachorrinho. Faríamos companhia uma à outra — ofereceu dona Marocas.

Zoraya olhou para ela espantada, os olhos cheios de lágrimas.

— Sabe que ninguém nunca leu minha sorte? — disse a velhota para esconder a emoção.

O cachorrinho de dona Marocas começou a latir, fazendo com que as duas mulheres se virassem.

— Bom dia! — gritou Bárbara, que vinha entrando no jardim com Felipe.

— Que surpresa agradável! Vieram nos visitar? — perguntou dona Marocas.

— Vim me despedir. Tô voltando pro Rio — disse Felipe.

— Chegaram em boa hora. Zoraya vai ler minha mão.

— Ah, Zoraya! Lê as nossas também — pediu Bárbara.

— Se dona Marocas deixar e o Felipe quiser, eu gostaria de ler primeiro a dele. Foi por causa dele que o delegado me soltou.

O menino estendeu a mão. A cigana olhou para a velhota.

— Leia, Zoraya. Eu espero. O destino desses meninos deve ser bem mais interessante do que o meu. — Deu uma risadinha.

Zoraya segurou a mão de Felipe nas suas.

— Vejo uma vida longa e cheia de sucesso — começou. — Muitas aventuras e romance. Uma viagem por mar... — De repente, empalideceu. — Muito cuidado nessa viagem, Felipe! Sua vida correrá perigo!!

O menino puxou a mão.

— Chega, Zoraya. Muito obrigado. Tchau, pessoal, tenho que ir embora, meus pais tão me esperando.

— Mas, Felipe... — Bárbara começou a dizer.

— Me liga assim que chegar no Rio! — Correu, gritando.

Voltou para a pousada, pedalando bem rápido, como se estivesse fugindo de alguma coisa.

Entrou no quarto dos pais como uma flecha.

Dona Helena fechava as malas. O pai estava desligando a televisão.

— Acabei de ver um programa maravilhoso, Felipe — disse dr. Francisco, todo animado. — Estavam mostrando a ilha de Aruba. Fica bem próxima ao litoral norte da América do Sul. Sua mãe e eu combinamos passar lá as próximas férias. Iremos de navio. Vai ser um espetáculo, você não acha?

Felipe sorriu amarelo, dizendo:

— De navio, pai? É... vai ser bárbaro!

"Não vou nem morto!!!", jurou a si mesmo.

A autora

Arquivo pessoal

Nasci e me criei no Rio de Janeiro, cidade onde vivo até hoje.

Foi no Rio que vi a caverna que deu origem ao livro *O estranho caso da caverna*, primeira aventura do Felipe.

Felipe é meio parecido comigo, meio parecido com um dos meus quatro filhos. É curioso como eu, insistente como ele.

Depois de *O estranho caso da caverna*, Felipe ficou "pedindo" para voltar, não me dava sossego. E aí está o resultado: *Férias de arrepiar*. Agora, Felipe está um pouco mais velho e, além da aventura e do mistério, um cheiro de romance aparece no ar. Ah, o Biscoito também está de volta, porque eu gosto muito de cachorros.

Espero que vocês se divirtam tanto lendo este livro quanto eu me diverti ao escrevê-lo, e que ele ajude vocês a descobrir nos livros a porta para um novo mundo de emoções.

Grajiela Bojano Hetjel

Férias de arrepiar

Graziela Bozano Hetzel

Suplemento de leitura

Felipe e seus pais foram passar férias numa pousada em Miraflores, uma cidadezinha tranquila. Logo no primeiro dia, o garoto conhece Bárbara, uma sorridente vizinha da pousada. Com ela, Felipe vai conhecer a cidade, que acaba se revelando um local cheio de mistérios e de histórias mal contadas: o sequestro da garotinha, o velho quartinho escondido, o estranho casarão abandonado, a volta de Odie, um provável neonazista. E os vários acontecimentos, que pareciam ligados uns aos outros, no final mostram ser apenas uma série de coincidências. Que tal revermos as peças desse quebra-cabeça, que só mesmo nosso detetive Felipe poderia ajudar a resolver?

Este suplemento de leitura integra a obra *Férias de arrepiar*. Não pode ser vendido separadamente. © SARAIVA Educação S.A.

Por dentro do texto

•

Personagens e enredo

1. Imagine que você tenha de falar um pouco sobre as personagens de *Férias de arrepiar* para um colega que não leu a obra. Como você descreveria as seguintes personagens?

- Felipe: _____

- Bárbara: _____

- Fonseca: _____

- Oliveira: _____

- Zoraya: _____

- Odie: _____

7. O que os donos da pousada escondiam, de fato, no quartinho? As suspeitas de Bárbara e Felipe tinham fundamento?

8. O que Odie, o filho do dono do açougue O Boi Dourado, tinha que ver com a foto de Hitler encontrada no quartinho?

9. Por que Odie tinha voltado para Miraflores? Qual sua relação com o incêndio da tenda de Zoraya?

10. Quem, de fato, havia sequestrado a criança e por quê? E qual a relação do sequestro com o casarão abandonado?

11. Como dona Marocas, sem saber, acaba ajudando a solucionar o caso do sequestro da garotinha?

Foco narrativo

12. Narrador é aquele que conta os fatos, descreve o ambiente e as personagens. Assinale a alternativa que melhor define o tipo de narrador de *Férias de arrepiar*:

(   ) Narrador-personagem: Em primeira pessoa, relata os fatos de acordo com o seu ponto de vista.

(   ) Narrador-observador: Em terceira pessoa, participa da ação, embora não como protagonista, e por isso só conta os fatos que vê, não revelando o que as personagens pensam e sentem.

(   ) Narrador-onisciente: Em terceira pessoa, não participa da ação e revela o que as personagens pensam e sentem.

Linguagem

13. "Vender gato por lebre" é um dito muito popular, que significa enganar, oferecendo coisa pior do que a devida ou esperada. No livro, a autora brinca com essa expressão, ao colocar as personagens Franz e Frau Ingrid literalmente vendendo gato por lebre. Você conhece outros ditos populares e seus significados? Veja os seguintes exemplos e responda o que querem dizer:

a) Mexer em casa de marimbondo.

b) Chover no molhado.

c) Quem não tem cão, caça com gato.

d) Nem que chova canivete.

Produção de textos

●

14. Releia atentamente o seguinte trecho, que dá início a *Férias de arrepiar*:

O vento uivava, sacudindo as janelas de vidros partidos. A casa vazia, escura, estremecia. Lá fora, o céu estrelado iluminava o jardim abandonado, onde nem uma brisa soprava. Na casa, o vento aumentou trazendo ruídos estranhos. Uma luz amarela envolveu a mulher curvada diante da parede da sala.

Agora solte a imaginação e dê outra sequência a esse trecho, num texto que, evidentemente, não precisa ser longo como o livro. História de terror? De mistério? De amor? Um fenômeno sem explicação? Você escolhe, você é o autor!

15. Em determinado momento da história, a cigana Zoraya é presa. Releia este diálogo:

— Presa por quê? [...]
— Por causa dessa lenda de que ciganos roubam crianças. Meu pai tava danado, disse que o delegado é um homem inteligente, não devia se deixar levar por esses preconceitos. Além do mais, como ele não tem provas, não poderia prender a cigana. (p. 41.)

Mesmo depois de solucionado o sequestro, em nenhum momento da história o delegado Oliveira se desculpou com Zoraya, que foi presa sem provas. Reflita a respeito disso e escreva um texto comentando o episódio. O que você acha que Zoraya sentiu ao ser acusada injustamente? Qual deveria ter sido a atitude do delegado? Ele pode ser legalmente punido pelo que fez?

Atividades complementares

•

(Sugestões para História e Geografia)

16. Bárbara é descendente de judeus. Você conhece alguma coisa a respeito desse povo? Em grupos, façam uma pesquisa na biblioteca buscando informações sobre sua religião, cultura, costumes, etc.

17. Releia o capítulo "Bárbara conta uma história", no qual Bárbara se surpreende ao ver a foto de Hitler que Felipe encontrou. Surpresa, ela pergunta ao amigo: "Você nunca ouviu falar em Hitler, em nazismo, na perseguição aos judeus?". É possível que você também ainda não saiba, como Felipe, quem foi Hitler e o que ele fez. Faça uma pesquisa sobre quem foi esse personagem da História mundial.

18. Em grupos, busquem em jornais, revistas, livros ou na Internet, notícias sobre os movimentos neonazistas, onde (no Brasil e no mundo) e como agem, as formas de combater suas ações criminosas, etc.

Entrevista

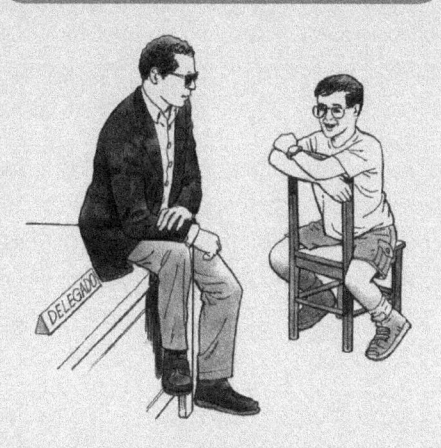

Férias de arrepiar, de Graziela Bozano Hetzel, possui uma narrativa típica de histórias de detetive. Só que aqui, os vários acontecimentos, aparentemente ligados uns aos outros, revelam-se no final apenas uma série de coincidências. E essas coincidências, fruto de prejulgamentos, acabam causando muitos mal-entendidos, alguns bastante sérios, prejudicando pessoas inocentes. Agora, leia a entrevista abaixo e veja como a autora define a arte de escrever e o que pensa sobre alguns temas polêmicos.

O LEITOR SEMPRE TEM PERGUNTAS QUE GOSTARIA DE FAZER AO ESCRITOR. POR EXEMPLO: O QUE INSPIROU A ESCRITURA DO LIVRO, QUANTO TEMPO FOI DEDICADO À ESCRITA, O QUE SE PRETENDEU DIZER COM A HISTÓRIA, ETC. HÁ UMA QUE GOSTARÍAMOS DE FAZER A VOCÊ: O QUE É SER ESCRITOR?

• Ser escritor é dar vida às múltiplas personagens que cada um traz dentro de si.

ALGUNS ESCRITORES JÁ DECLARARAM QUE, NO DECORRER DA ESCRITURA DE UM LIVRO, AS PERSONAGENS VÃO ADQUIRINDO VIDA PRÓPRIA, E O AUTOR SE TORNA QUASE QUE UM "PORTA-VOZ" DELAS. VOCÊ TAMBÉM TEM ESSA RELAÇÃO COM SUAS PERSONAGENS? O FELIPE "PEDIU" PARA VOLTAR EM UM OUTRO LIVRO?

• Sim, acho que poderia dizer que o Felipe pede para voltar. Talvez porque ele representa uma faceta minha: o fascínio por mistérios.

AINDA QUE *FÉRIAS DE ARREPIAR* SEJA UMA HISTÓRIA INVENTADA, PERCEBEMOS ALGUMAS QUESTÕES QUE NADA TÊM DE FICCIONAIS, COMO O SURGIMENTO DOS MOVIMENTOS NEONAZISTAS. VOCÊ PODERIA FALAR UM POUCO A RESPEITO DESSE ASSUNTO?

• Creio que todo movimento radical é perigoso. Principalmente quando, ao manipular preconceitos, pode causar a destruição de tantas vidas. O mundo está vivendo graves problemas socioeconômicos, que propiciam o crescimento de movimentos como o neonazismo. É hora de cortar o mal pela raiz.

O SEU LIVRO ENFOCA SITUAÇÕES DE PRECONCEITO, POR EXEMPLO, A FORMA COMO SÃO VISTOS OS CIGANOS E A CONSEQUENTE PRISÃO DE ZORAYA, MESMO SEM HAVER PROVAS CONTRA ELA. VOCÊ PODERIA NOS DAR A SUA DEFINIÇÃO DE PRECONCEITO?

• Preconceito, pré-conceito. É a coisa mesquinha que nos isola num mundo onde não há espaço para a compaixão e a fraternidade.

NO LIVRO, O FATO DE FELIPE E BÁRBARA TEREM ENCONTRADO A FOTO DE HITLER NA POUSADA DOS ALEMÃES LEVOU OS GAROTOS A ACREDITAREM QUE OS PROPRIETÁRIOS ERAM NEONAZISTAS, E QUE O GRUPO DE TURISTAS QUE FALAVA ALEMÃO ESTAVA NA CIDADE PROMOVENDO UM ENCONTRO DO MOVIMENTO. O QUE FICOU DA LEITURA DO LIVRO É QUE A COMUNIDADE ALEMÃ, DEPOIS DE MAIS DE CINQUENTA ANOS DA MORTE DE HITLER E DO FIM DA SEGUNDA GUERRA, AINDA SOFRE COM O ESTIGMA DO NAZISMO. AFINAL, COMO O PRÓPRIO LIVRO DEIXOU CLARO, NEM TODO ALEMÃO É NAZISTA, COMO TAMBÉM NEM TODO NAZISTA É ALEMÃO. FOI ISSO QUE VOCÊ QUIS PASSAR AO JOVEM LEITOR: QUE NÃO SE DEVE GENERALIZAR UM POVO POR CAUSA DE SEU PASSADO HISTÓRICO?

• Sim, foi isso, e espero ter conseguido.